見

金英夏——著

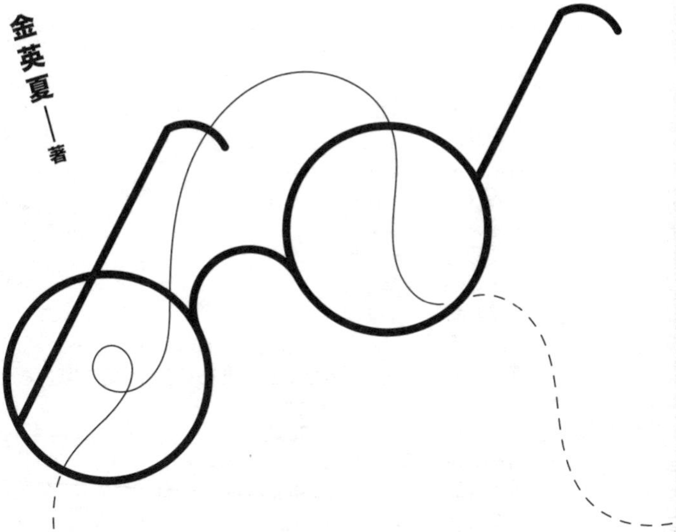

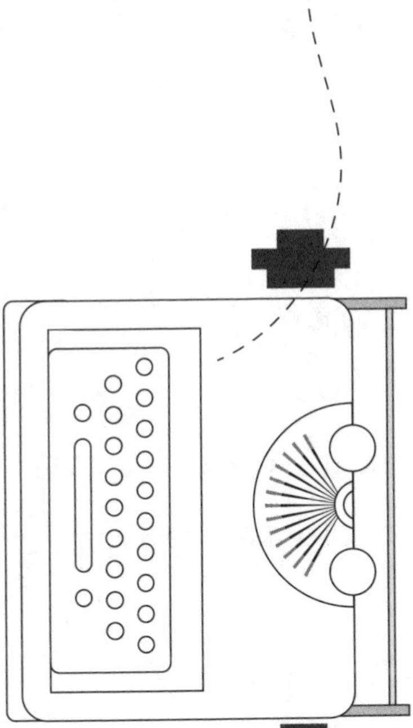

胡椒筒——譯

見 보다

作　　者　金英夏
譯　　者　胡椒筒
美術設計　朱疋
行銷企畫　蕭浩仰、江紫涓
行銷統籌　駱漢琪
業務發行　邱紹溢
營運顧問　郭其彬
責任編輯　吳佳珍
總 編 輯　李亞南
出　　版　漫遊者文化事業股份有限公司
地　　址　台北市大同區重慶北路二段 88 號 2 樓之 6
電　　話　（02）27152022
傳　　真　（02）27152021
讀者服務信箱　service@azothbooks.com
漫遊者部臉書　www.facebook.com/azothbooks.read
營運統籌　大雁出版基地
地　　址　新北市新店區北新路三段 207 之 3 號 5 樓
電　　話　（02）89131005
傳　　真　（02）89131056
劃撥帳號　50022001
戶　　名　漫遊者文化事業股份有限公司

國家圖書館出版品預行編目 (CIP) 資料

見 / 金英夏 著 ; 胡椒筒譯 . -- 初版 . -- 臺北市 : 漫遊者文化出版 : 大雁文化發行, 2020.01
184 面 ; 14.8x21 公分
譯自 : 보다
ISBN 978-986-489-376-8(平裝)

862.6　　108023239

初版三刷 (1)　2024 年 5 月
定　　價　310 元
I S B N　978-986-489-376-8

#《見》媒體與讀者好評

金英夏，這個時代的作家，就算是「黑暗」也能愉快地去探險的「悲觀現實主義者」。——圖書新聞

金英夏散文三部曲中的《見》是對人類和社會敏銳、幽默的洞察。——戶外新聞

我讀過金英夏的幾本小說，但散文還是第一次。我覺得他的散文和小說一樣，字裡行間可以明顯感受到他傾注了自己的感情，但其中卻也不失理性的思考。小說家的洞察力是敏銳的，閱讀這本散文彷彿藉由他的這種洞察力好好觀察了一次世界。——Blue

我們不停在生活中用眼睛去看，很多事情可以說是過眼雲煙，但一部分會成為記憶留在我們的腦海裡，然後促使我們去思考它。但我們的想法通常只停留在日常生活裡，思考隨即便會消失。雖然偶爾會去尋找它的意義，可是我們看到和思考的永遠就只停留

在自己製造出的框架中。小說家的想法是廣泛且活躍的，視角是獨特且敏銳的，藉由小說家金英夏的視角讓我看到了這個時代的風景，重點是那個風景裡也包含了我們每一個人。——Chobo

這本散文集中匯集了作者充滿洞察力和幽默的文字，展現了非常立體的現代感，傳達出的信息給人留下了深刻的印象。我們可以跟隨小說家的視線更深入的、從不同的角度觀察我們生活的社會、周遭的人與自己。——茶葉美景

迷上一位作家我就會一口氣讀完他所有的作品。這次迷上的是金英夏。小說家寫的散文總是能展現出獨特的視角和觀點，金英夏也不例外。他的幽默、博學，以及觀察事物、現象的敏銳都融進了這本散文當中。……閱讀金英夏的文字對我而言是一種享受，看完他的散文三部曲後，我彷彿明白了他的魅力所在。——朴代理

目錄

第一部

第二部

第三部

第四部

【推薦序】你說世界太無趣，那，你有趣嗎？或你有去嗎？

盧建彰（導演）

時代人物

金英夏先生是我非常喜愛並佩服的時代人物。

我常覺得，一個時代是被不同人物所塑造的，而且通常不是什麼政治人物，比方說，我會覺得塑造出我們這時代的是賈伯斯，而不是什麼總統。（你看我還要試著回憶一下到底 iphone 上市時的美國總統是誰啊？）你也會很容易地想到村上春樹，至少他好像在我們的青春記憶裡鮮明展現，在每個我們自己徐步前行又猛然回首時，他都立在路上。

金英夏先生頗有這時代的氣息，他有各種創作，精彩絕倫的小說，被用影視拍攝的方式再被傳播，他也主持節目，談各種趨勢書籍，教寫作、客串電影、改編劇本，用各種型式參與創作，彷彿沒有他不會做，沒有他不想做的。

時代前進著，許多時候，是被這樣的人物腳步所帶動。

走下去才有驚喜，走出去才有希望

我那天受邀去一個家庭作客，我沒去過，依著地址搭電梯上樓找到，按了電鈴，卻沒人應門。奇怪，我剛才又傳訊息說我到了呀，對方也回了個大拇指，奇怪，怎麼沒人在呢？

門口暗暗的，跟我平常在臉書看到的感覺不太一樣，雖然臉書上的照片多是室內沒拍過門口，可是，你很難想像，一個室內溫馨典雅大方的家庭，會讓門口幽暗到有點讓人心生畏懼。

我再按一次電鈴，電鈴響了，依舊沒人應。

我在這樓層繞了一圈，發現有戶人家，門口清爽，卻又有綠意點綴，明亮親人，門邊還有瓶酒精消毒，方便來客。我心想應該是這兒吧。

撥了電話，男主人果然應聲開門。

有的門，歡迎人進去。有的門，拒絕人靠近。

原來，地址我弄錯了，但地方我沒弄錯，那個我想去的地方。

這戶人家有兩位罕病的兒女，說是兒女，姊姊已經二十七歲，弟弟也二十三歲了，因為身體行動不方便的關係，被迫得在高機能性的輪椅上生活。

父母親照顧他們已經十多年，時間飛快過去，病危通知不斷，他們卻繼續以優美的笑容在這世上，無視醫學上多數病例無法成年。他們就是奇蹟，我說的是，臉上的笑容。

孩子自身十分努力，而父母更是了不起，看著孩子連吞口水都困難，隨時會有特殊危急狀況發生，每次都是性命交關，比你看過的動作片都刺激許多，可是他們笑笑著面對，還一路笑笑著走到世界去。

埃及西奈山上的星星、澳洲、紐約的自由女神百老匯、合歡山頂、馬來西亞雙子星、倫敦劍橋、舊金山勇士隊主場……他們都推著孩子去，我知道我一定還漏了許多，不過，已經沒差了，因為反正都是那些我沒去過的地方，他們身體不方便，但心靈卻方便到身歷其境。

因為他們說，走下去才有驚喜，走出去才有希望。

因為他們說，你去看見世界，才會看見上帝是多麼奇妙。

跟這對一直用愛在灌溉我的夫妻聊天，我想起金英夏。

去世界那裡

我說金英夏也是刻意讓自己去靠近世界，讓自己去感受那未知，並在面對後感動，同時把所見所聞，帶回家，並用文字帶給自己國家的人。

我喜愛他到歐洲旅行，有目的地，卻又似乎沒有；有計劃，但是非常可以變動的計畫，不，也許該說，他計畫的就是要隨意變動的計畫，那種滿滿的好奇，還有隨意感，那讓人感到自由。

他在遇見一位女子後，開懷地徹夜聊天，天亮後又各分東西，前往不同的國家繼續旅行，沒想到，沒有任何約定，卻意外地在車站又相遇，那種浪漫，確實就是我們這世代的愛情聖經《愛在黎明破曉時》啊，我作為一個也在歐洲流浪過一個多月的背包客，實在有點羨慕。

羨慕的不是那種豔遇，而是那個開放的胸懷，和面對不確定的把握和珍惜。

那會讓人變得強壯，更會讓人對世界充滿想像力。

因為這世界本來就是變動的，可是我們從小的生活，卻幾乎都是固定的作息，類似的場域，身旁的人都跟你是接近的背景，你難免會陷入單調的問題，並會在面對不確定時，感受到恐懼。

他閱讀書籍，欣賞電影，並且把自己生活裡的感動、感受，拿來對照，我不得不說，他是位非常有創意的人，而且他的心智強壯，願意跟世界學習，並且毫不吝嗇地拿出來。

願意分享是種慷慨

說起來，他可以不用這樣的。

如果說知識就是力量，那分享知識分享所聞所感，不就是把自己的力量給分散出去了嗎？

先不管自己的力量會不會變小，但是別人的力量增加了，不也就減少了自身的優勢了嗎？

跟我一樣大學讀企業管理的金先生，一定很熟習當時讀的競爭理論，一定很清楚商業世界優勝劣敗的法則。

而他如此慷慨。也許正因為他看見世界的需要。

我很喜歡他在發抒自己的感想時，不只有感，而且有思想。我每次都先是「對對對，我也這樣想」，然後再往下看下去時，又「哇哇哇他怎麼還會想到這個」，實在很佩服，然後又會想去看他介紹的書籍、電影，他旁徵博引不會讓你覺得是在炫耀，但像是我的好朋友小說家黃崇凱，信手捻來，只是想給朋友一點啟發，最美好的地方是，你跟他聊完天，不只有樂趣，還會覺得自己好像變得聰明了。

一本書就是一個世界，一部電影也是一個世界，他前往一本書一部電影，他從那世界把我們給偷渡過去，讓我們在家就感受到，帶著我們進入那世界。跟他一起，我有種奇特的感覺，自己成為時空旅人，目的地不斷跳動，我覺得自己很受關愛。

感受的觸角增加了，感動的神經被觸動了，感懷的心被安慰了。

他說，一個小說家來寫散文，有點像是拳擊選手卸下防備迎接對手的感覺。作為一個半調子的拳擊學習者，我理解他的意思，那是一種了不起的犧牲。

我喜愛這書，更喜愛這人的真誠。

讀完書後我稍稍懂了一點點，他在面對世界的問題，那就是世界，他就是一個世界。靠近他，也是靠近世界。

有人說這世界太無趣，那下一個問題是，你自己有趣嗎？

或者說，世界就在這裡了，那你有去嗎？

第一部

偷時間的賊

小時候自從漫畫雜誌《寶物島》[1]創刊以來，我的時間便開始以月為單位流逝了。整整一個月，我都在等待那本雜誌送上門。從郵差手裡接過厚厚的雜誌以後，我會窩在房間裡一口氣讀完，然後又開始下個月的等待。鄉下地方不要說網路，就連電視訊號也不穩定，所以雜誌成為一種救贖。時間綽綽有餘，該如何消磨時間便成了我最大的苦惱。

歲月流逝，我成了大人。如今時間變得珍貴了，等我緩過神來才發現周圍到處都是可看的東西，它們都盯上了我的時間。電視、網路和智慧型手機不僅可以收看直播，還可以看到下片的電影，以及成為話題的週末綜藝節目。訊息和SNS都忙著傳遞著我認識的人；我認識他，他卻不認識我的人；甚至還有我可能認識的人的消息。

1 一九八二年十月由育英財團發行的月刊漫畫雜誌。

馬歇爾・埃梅（Marcel Ayme）的短篇小說〈生存時間卡〉（出自《穿牆人》[*Le Passe-muraille*]）描寫的是可以交易時間的虛擬世界。在那個世界裡，時間是以配給制分配給每個人的（到這裡和我們的現實一樣），但對於不需要那麼多時間的人來講（或者比起時間更需要錢的人），他們可以把時間賣給其他人。富人有錢，但沒有時間。相反的，窮人只能靠薪水辛苦度日，他們時而感到痛苦。就這樣，窮人把自己的時間賣給富人賺取生活費，因此富人的日曆上出現了四月三十八日和九月三十三日。他們用花錢買來的時間去打高爾夫、去旅行，盡情地享受人生。反之，窮人日曆上的四月只有二十五日，五月也只到二十七日就結束了。也就是說，如果窮人在五月二十七日入睡，那他們便會在六月一日的早上醒來。當然，這種事在現實生活中是不存在的。不論是富人，還是窮人，賦予大家的時間都是相同的。（只是時間的價值不同，富人的時間昂貴，窮人的時間廉價。如果以時間來區分收入，集團會長一小時掙的錢可要比平凡的上班族金代理一年的年薪還要高。收入越高，休息的價值也會隨之提升。比如，一天可以賺一千萬的整型外科醫生，一天休息的價值就等於一千萬。相反，一天賺十萬的勞動者就算曠工一天也只有十萬而已。所以在高收入者中很多人都是工作狂。）

蘋果創始人史蒂夫・賈伯斯將智慧型手機大眾化。如果說二十世紀最厲害的偷時間的賊是電視的話，那麼二十一世紀肯定非手機莫屬了。當我結束兩年半的紐約生活回到首爾後，最讓我大吃一驚的是地鐵裡的場景。早前還在閱讀免費報紙的市民，如今都在低頭看手機。就這樣的場景，詩人咸敏復[2]幽默的描寫道「醫生並排坐在地鐵裡／耳朵上戴著聽診器／按下胃腸、敲敲肋骨／仔細查看瞳孔的老醫術消失了／兩根手指充滿智慧的／憑藉著傳播網／診斷著這個世界」。（〈在首爾地鐵裡愕然〉，《像那切斷眼淚的眼皮》，創飛，二〇一三）曼哈頓的紐約客依舊在地鐵裡看書和報紙，所以我感受到的變化才會如此之大。但紐約客看書和報紙的原因並不是因為他們摯愛閱讀，而是在曼哈頓的地鐵裡手機幾乎收不到信號。且不說 LTE 或 3G 這種通信網，就連講電話也

2 咸敏復，1962～，韓國詩人，著有詩集《資本主義的約定》、《花開在所有的疆界上》等。

很難。但當地鐵進入布魯克林或皇后區的地上區間時，紐約客便會同時合上書籍，拿出手機。

在埃梅的小說裡，富人可以直接跟窮人購買時間。這種體系簡直可以視為一種祝福。如果一天賺一千萬的整型外科醫生，向一天賺一萬的臨時工購買一天的時間，那他最少也要支付一萬以上的金額。若是運氣好，臨時工可能還會拿到一大筆錢。但現實卻很殘酷，蘋果和三星開發出的智慧型手機白白奪走我們的時間，而且還要我們支付費用。它們通過像KakaoTalk[3]這種通訊服務製造窗口侵入我們的生活，奪走我們的時間。不傳訊息的時候，遊戲公司便會跳出來占領我們的注意。手機會奪走富人和窮人的時間，但情況卻對窮人很不利。擅長把時間換算成金錢的富人，漸漸意識到不應該把時間浪費在手機上。《紐約時報》介紹了近來在紐約很流行的「疊手機」（Phone Stack）遊戲。遊戲規則很簡單，在高級餐廳聚餐時，每個人把手機疊放在桌子的正中央，誰先碰手機，

3 一款免費的智慧型手機應用程式通訊服務軟體，是目前韓國最大、使用率最普及的通訊軟體。

誰就要請客。這個遊戲的美意看似是為了讓大家不玩手機，專注當下的對話與用餐，但事實上它還展現了權力遊戲的一面。如今，人們開始意識到越是能長時間不去在意手機的人，越是有權、有勢、有地位的人。就在富人漸漸遠離手機的時候，地位低的人對手機的依賴程度反而提高了。有別於富人和有權者，如果社會上的弱者不接「重要的電話」，那麼吃虧最大的只會是他們自己。急於求職，焦慮等待昨天面試的公司打來電話的年輕人，根本不可能關掉手機，把注意力集中在與朋友的談話上。那是種奢侈。這些人整日拿著手機，不時的查看電量，擔心手機沒電，隨時點開網頁搜尋各種新聞，回覆朋友發來的根本不重要的訊息。職位低的員工，或是在客戶關係中處於乙方的人，都不敢隨意關掉手機電源。

天才賈伯斯為我們帶來了智慧型手機。這個名字好像滿不錯的，外型也很有模有樣。但這個小巧的電子產品卻在吞噬著書籍、報紙和雜誌，以及我們跟朋友在一起的時間。如今，不管在世界哪裡都可以看到坐在咖啡店裡的四個朋友，沉默不語的低頭看手機。

可以說，賈伯斯把埃梅的小說引入更糟糕的方向。現在窮人不但自發獻上時間，甚至還要購買昂貴的手機和支付話費。反觀，富人則獲取了這些人自發捐獻出來的時間與金錢。他們怎麼做到的？購買像蘋果或三星這種跨國企業的股票。華爾街的富豪沒有必要向韓國的窮苦青年購買時間，他們只要輕鬆點擊一下，就可以廉價的購買到素未謀面之人的時間。

在這樣的世界裡，我們該如何守住自己寶貴的時間呢？

不是自由的自由

事情發生在大學二年級。放暑假的時候，我進到崇禮門附近的一家公司賣起英語會話卡帶。連日來的推銷教育，讓涉世未深的大學生見到了新世界，每天聽到的都是關於銷售的事，讓我不禁覺得這世上只存在著兩種人，賣東西的人和買東西的人。講師說，即便是沒在推銷的時候，我們也在推銷著什麼，人生的每一個瞬間，我們都在向他人推銷著自己。既然是這樣，推銷得漂亮點不是更好嗎？

在聽完阿拉斯加也能成功賣掉冰箱的故事，以及掌握到如何控制潛在顧客的竅門以後，我和同事便開始親身實踐工作。我們的組長是一位身穿改良韓服、看起來三十歲出頭的女性。因為這是一個可以從員工業績裡提取回扣的多層次傳銷組織，所以我們打的每一通電話都會令她神經緊繃。我們隨機撥打電話，若是遇到感興趣的客人會馬上約好時間上門走訪。那時我第一次聽說，銷售員接到的第一筆訂單叫做「Ice break」（破冰）。身穿改良韓服的組長反覆強調和激勵我們說，第一筆訂單難接，但只要接到第一筆以後就會容易許多。我和同事暗暗較勁，撥打起組長給的地址簿上的電話，但這哪有像砸破冰塊那麼簡單呢。首先，我們要讓對方聽我們把話講完。然後，獲得上門走訪的許可。最後，到客戶家播放英語會話卡帶，還要說服他們立刻花重金買下來。

一個星期過後，我們當中終於有人成功約到了客戶，但他從客戶家回來的時候卻顯得悶悶不樂的。原來那客戶是個快要臥床不起的老婆婆，想為整天惹是生非、只知道跟朋友混在一起騎摩托車的孫子買套卡帶。那名銷售員看到勉強維持生計，住在單間房的老婆婆，實在不忍騙取她荷包裡的錢，於是把帶去的整盒英語卡帶又原封不動帶回來。組長聽完整件事的緣由後，怒氣沖天的說：

「你算什麼東西，憑什麼判斷人家有沒有需要？窮人就不能學英語嗎？那個騎摩托車到處閒逛的十幾歲孫子，說不定哪天就想學英語了呢？說不定人家以後就能成功呢？

可你區區一個銷售員竟敢擅作主張否定這種可能性！你是神啊？人家不是說想買卡帶的嘛！你憑什麼不賣給她？我們是流氓強賣嗎？你憑什麼妨礙人家自由的選擇啊？」

她故意在「選擇」二字上加重語氣。接著，她給我們講了自己的經歷。

「那是我剛做這行沒多久的時候。我跟客戶約好上門走訪的時間，去了我才發現那家人住在貧民區的一戶單間房裡。竟然是個七口之家。但我還是賣了初級、中級、高級三套卡帶給他們。你們記住我說的話，家裡有電話的都是中產階級，這意味著他們每個月都有固定的收入。要是沒錢，他們怎麼打電話啊？」

所謂資本主義社會的市場營銷，就是要讓消費者購買他們覺得不一定需要的東西。大家早就擁有自己真正需要的東西，至於那些還沒買的，就表示還沒有那麼迫切的需要。組長明明自己心裡清楚，卻勸解我們那是客戶「自由」的「選擇」。從那一刻開始，「自由」和「選擇」這兩個很酷的單詞，給我留下了不同的含義。

當然，銷售員有誘惑客戶購買商品的自由，客戶也有被誘惑的自由。這裡所謂的自由，並非意味著從壓迫中獲得政治上的解放，而是指在不強制的情況下，利用各種手段使其無法拒絕的力量。搭乘五月花號的那些人，為了尋找宗教的自由來到美國，但他們的後裔卻為了獲取占據原住民土地的自由，拿起槍支去了西部。如果說五月花號的自由是從政治上獲得解放，那去西部的那些人的自由，則意味著掠奪的權利。自由在這種力量倫理的包裝下，讓霍布斯所謂的萬人對萬人戰爭的世界觀變成了真理。超級強國美國動不動就拿「自由」說事，這可真是夠耐人尋味的。

那個明明有機會賣掉卡帶，卻因良心過意不去未能成功的同事，是很容易被這種美國式自由橫行的社會所淘汰的。己所不欲，勿施於人的絕對道德主義，是與這種社會正面衝突的。那些能夠自由地利用他人獲取利益的人，能夠把對方當作工具看待的人，方可成為贏家。那個默默忍受組長斥責的同事，隔天便再沒來上班。

一個月過去後，我的業績才破冰。雖然沒有任何收入，但我還是堅持了一個月，因為我不想辜負那炎炎夏日裡投資進去的時間與努力。人人都說不要去在乎沉沒成本，但哪有那麼容易呢。哪怕只是賣出一套卡帶，我也想以此證明，自己不是毫無意義的虛度了這個暑假，並且希望從中獲得安慰。幸運的是，住在佛光洞的客戶買了我的卡帶。走在狹窄的巷子裡，兩側都是高高低低的獨棟住家，我徘徊了好久才找到那個客戶小而雅緻的房子。接過他遞來的柳橙汁後，我介紹起卡帶，沒過多久便順利簽下了訂單。

我回到公司，組長故意用想讓所有人都聽到似的音量，大聲恭喜我破冰了。因為最小的目標實現了，所以隔天我便沒有再去公司。但時隔幾個星期後，我也沒收到獎金。雖說只有十萬元，但那畢竟也是用時間換來的。我頻頻打電話到公司催促他們匯款到我的帳戶，但組長總是能找出各種理由躲避我的電話。最後，在我和公司上級打了一通長時間且不愉快的電話以後，才勉強收到那筆錢。

跟我一起打工的大學生，幾乎沒有人堅持過一個月。雖然他們當中有人賣掉了幾套卡帶，但也都是朋友和親戚幫忙買的。說不定，公司正是因為這樣才僱我們。幾個月後，我在新村碰巧遇那幾個同事，他們跟我聊到後來關於獎金的事。正如我所料，那個組長好幾次都打算「自由」的扣取大家的獎金，很多人不像我那樣執著、強硬，他們覺得公司骯髒、卑鄙，所以只能「選擇」被自由的扣取獎金。

那年夏天「飢餓遊戲」的贏家顯然是那個身穿改良韓服的組長，可她又能贏到什麼時候呢？在她之上，肯定還有比她更心狠手辣的人，而更心狠手辣的人之上還會有其他人。那是一九八七年六月抗爭[4]之後，我和那些一起打工的大學生都沒有想過應該去改變這種體制，更沒有意識到應該去改變。我一心覺得只要拿到自己的那份錢就可以了。那時，我們都以為只要能通過修憲實現總統直接選舉制的「大問題」，至於其他的小問題便會迎刃而解。但就在我們都這樣認為的時候，大企業主導的社會「飢餓遊戲」正在悄悄地全面展開。不知不覺間，我們都置身在競賽場內，參與了萬人對萬人的戰爭。與此同時，我們生存在不敢報以希望尋求改善的時代。

4 即六月民主運動，又名六月民主抗爭，從一九八七年六月十日至二十九日，韓國爆發大規模全國性的民主運動，迫使第五共和國全斗煥執政當局同意實施總統直選制，並採取民主改革措施，最終導致第六共和國的建立。

真正的富人無所有

我教學生寫作的時候，問過他們這樣一個問題，「怎樣才能有效的讓讀者知道登場人物是富人，還是窮人呢？」很多學生給出了答案，其中最多人回答的是，藉由登場人物的穿著、房子和汽車來表達。如果是昂貴的衣服、大房子和德國產的汽車，那誰都會知道他是富人。反之則是貧窮，穿著破爛的衣服，住在快要坍塌的房子裡，出門只利用大眾運輸工具。

「但這些並不足以表達吧？也有開著高價車的騙子，或是故意住在破房子裡、反倒擁有很多現金的吝嗇鬼呢？」

「無知。」

坐在後面的一個同學小聲回答道。

「什麼？」

「無知，對於貧窮和富有的無知。」

Bingo! 對於貧窮的無知方可凸顯富人的富有。比如，電視劇《祕密花園》裡的財團會長之子金祖沅（玄彬）一臉天真的問窮苦的特技替身演員吉蘿琳（河智苑）：

「喂，吉蘿琳。你們窮人要是想買什麼，都要存很久的錢，還會揪著一顆心，是不是？」

金祖沅駕駛的進口敞篷跑車、穿的高檔西裝和豪宅，都不足以顯示他的富有，倒是這種天真的無知把他塑造成天生富豪。有傳聞稱，法國大革命時期，真正激怒民眾的是瑪麗．安東尼皇后的一句話：「沒有麵包，那可以吃蛋糕啊。」對於百姓困苦的無知，把她塑造成一個脫離現實的奢侈女人。同樣的，若想真實地表達出窮人的窮苦，只要讓他道出自己對於富有這一概念，各種荒唐無稽的誤會和誇張的想法就可以了。

一九八〇年，全斗煥將軍就任總統那年，我十三歲，住在蠶室一區的老公寓裡。當時蠶室一區和二區的部分人家還在燒煤爐取暖。我們住的樓梯式公寓結構是兩戶人家門對門，中間設有一個燒煤的灶口。房子有十三坪，兩個房間和一間客廳，與對門共用廚房和沒有浴缸的廁所。那時江南一帶正處在開發階段，漢江以南的學校供不應求得離譜，所以住在狎鷗亭洞和大峙洞的孩子，也被分配到我所就讀的蠶室一區的國中。就這樣，住在蠶室一區、二區等相對貧苦人家的孩子，與住在狎鷗亭洞漢陽公寓和大峙洞銀馬公寓的新興中產階級家的孩子，雜處在一起。

我同桌的父親是前任國會議員，當時住在狎鷗亭洞。從開學第一天起，他就成了校方關注的焦點。他的臉蛋白皙，不僅成績好，性格也很好，就像富家子弟一樣又有禮貌又很溫柔。有一天，我們約好到位於學校前面的我家去玩。我至今還記得推開玄關門時，他看著門口擺放整齊的拖鞋，這樣說道：

「這麼小的家也需要拖鞋嗎？」

他的語氣沒有任何攻擊和諷刺意味，疑問只是出自單純的好奇心。正是這種天真浪

人的機會應該是平等的。我之所以能過上衣食無憂的生活，是因為我很幸運，遇到富有的父母。但我覺得這並不公平，所以希望能有所改變。」（二〇一三年七月二十日《中央日報》）這種天真的想法自然很快就幻滅了。「過了十五歲之後，我忽然發覺不應該只侷限於理念，而是應當去學習如何運轉世界。從這層意義來看，交易的世界最能赤裸裸的為我們展現資本主義的真相，於是我決心把從交易上學來的經驗和知識，用來改變世界」。有了這樣的決心，伯格魯恩很快便擠進世界首富的排行榜。如果我們完全相信他所說的，那他的意思就是，自己從未得到過富有父親的幫助，僅憑從朋友那裡借來的兩千美金「一步一個腳印」（賺到二十億美金）走向成功。直到十五歲還侷限於「理念」的伯格魯恩，過了十五歲之後才了解到運轉世界的方式，之後「一步一個腳印」的成為首富。跟著他又重新「扮演」起貧窮。伯格魯恩賣掉紐約和佛羅里達的宅邸，以及收藏的名畫和值錢的物品。二〇一三年，五十一歲的伯格魯恩所公開的所有物中僅有一部蘋果手機、三套西裝和一架私人飛機，以及一個紙袋能裝下的瑣碎物品。如此「貧窮」的億萬富翁（西方媒體給了他 Homeless Billionaire 的「光榮稱號」）成了「無家可歸」的人，隨後他過上輾轉於全世界頂級酒店的生活。

與之相反，《夢遊大都會》中的億萬富翁艾瑞克不僅想要收藏馬克・羅斯科（Mark Rothko）的畫，還想買下位於德州休士頓市、用羅斯科的畫裝修牆壁的教會。他與「無所有的億萬富翁」伯格魯恩截然不同，是一個想要擁有一切的化身。或許是因為這樣，我們才無法真實的感受到他的富有。比起真正的億萬富翁，艾瑞克更像是一個在扮演億萬富翁的演員。正如我們所見，伯格魯恩這個現實中的億萬富翁正在擺脫他所擁有的，他發現「無所有」才是最聰明的消費金錢、展示富有的方法。這種方法甚至讓人覺得很酷（人們稱伯格魯恩是花花公子絕非偶然）。

不用看那麼遠，就連韓國的富人也開始出售宅邸了。這些全租[5]貴族住在高價的房

5 全租是韓國特有的租屋方式。房客只需付給房東房價的百分之五十至七十作為保證金，無需繳付月租。房東會用這筆保證金進行投資。租屋簽約期滿後，房客可拿回全額保證金。

子裡，但卻不擁有它，很多人為了追求無所有甚至連車也沒有，因為只要跟租賃公司借就可以。財閥家族不會選擇直接擁有公司，他們會持最少的股份巧妙地支配公司，然後免費的享受公司提供的各種財物與服務。

如今，富人連窮人最後的安慰都想貪心的去占有。這個世界對於某些人來講，眼前發生的事情沒有選擇的餘地，所以只能去接受；但對另一些人而言，這卻是可以輕鬆選擇的選項。世間的不平等正在以這樣的方式進化著。

車頭區與車尾區

來聽聽《末日列車》[6]裡被剪掉的人物故事吧。

女人1，車頭區乘客　什麼？你說這裡是車尾區？怎麼可能！這裡是正中間啦，後面還有很多節車廂呢。你問我怎麼知道的？我當然知道，跟我想法一樣的人又不是只有一兩個。難道說他們都是錯的嗎？不可能啦。欸，雖然在這裡過得不怎麼樣，但至少還能維持生活。即使菜單很簡單，但有得吃就不錯了。現在這種局面，哪有人想吃什麼就

6　《末日列車》是二〇一三年韓國奉俊昊導演拍攝的科幻電影。電影講述了因全球暖化，人類將 CW7 製冷劑發射到大氣來遏制全球暖化，但「過於成功」導致全球氣溫驟降。僅存的人類都乘坐在諾亞方舟般的列車裡，這輛自給自足，能永恆不滅地運轉下去的列車，卻存在兩種截然不同的生活，車頭區的人奢華度日，車尾區的人受壓榨。最後車尾區的人不堪忍受如戰俘收容所般的惡劣環境，決定起來反抗……。

吃什麼呢？我們就心存感恩的活著吧。外面不還是冰雪地獄嗎？

男人1，車尾區乘客　令人驚訝的是，很多人都相信自己搭上了火車。雖然這裡有規律的搖晃、左右傾斜，但這是在模擬啊。你怎麼能確定這裡就是火車？我們只不過是被關在監獄裡。為什麼是監獄？不知道。也許是犯了什麼錯吧。我也在反省人生，思考著這個問題。反正在這裡也無事可做。仔細回想自己過去犯了什麼錯，這還滿教人上癮的。

男人2，車頭區乘客　真是悶死了，都看不到前面，連遠景都沒有。一想到要死在這裡，真教人覺得毛骨悚然。聽說真正的車頭區的人活得才像個人，（耳語）他們都說這裡是車頭區，其實這裡是車尾區。你問我怎麼不試著往前去？難道我沒試過嗎？當然試了啊！但我走了幾節車廂，他們就說那裡是盡頭，是引擎，前面已經無路可走。你以為我是白痴嗎？我可不想厚顏無恥地跟他們吵，所以就回來了。

少年，車頭區兼職　沒錯，我是從車尾區過來的。我現在在餐廳的廚房擦盤子，偷學做菜。但要是沒有廚師死掉，我恐怕很難占有一席之地。火車上的好工作太少了。但我還是喜歡這裡，雖然我只能蹲在廚房的角落裡睡覺，但這也比在車尾區好。在這裡至少能吃到像樣的食物，也不會覺得冷。再說，車尾區太危險了。你知道我是什麼意思吧？在那裡大家互相敲詐勒索。

男人3，車頭區乘客，教授　我也很清楚，這個體系存在著問題，早晚有一天它會崩潰的。為什麼？因為不平等！車頭區與其他區乘客之間的差距太懸殊了。只有在有所限制的情況下，民主主義才會發揮作用。若像古代雅典那樣，只有一部分市民可以行使投票權和選舉權，自然會頻繁爆發暴動。那個叫威佛的人，政治能力幾乎等於零，就是個無能的領導人。這列火車最終走向毀滅不是因為外部的矛盾，而是內部的。但即便如此，也不能立刻擴展大範圍的民主主義，這也是很危險的。資源極度受限，能夠有效運用、分配資源的精英階層也是有限的，況且外部環境又是那麼惡劣。走向毀滅已成了既定事實，但領導階層有責任儘量延遲走向毀滅的時間。你說我保守？喂，政治是從課本裡學來的嗎？理念也是有相對性的。你是還沒有理解這列火車所處的特殊環境。在這裡，像我這樣的人已經是進步主義者了。要是按照你的理論來講，那些容忍奴隸制度，不允許女性參與政治的雅典市民，不就都是保守的笨蛋？

小男孩，車頭區乘客　你問我去哪兒？去補習班啊。為什麼？當然是去學習了。做什麼不都在講競爭嗎？我媽說，如果不學習就會淪落到車尾區去，在那裡要吃蟑螂的。我去過嗎？我這麼小，怎麼去？而且聽說那裡的人互相殘殺呢。

男人4，穿行於車頭區與車尾區之間，商人　我現在很忙啦。眾所周知，不久前發生了暴動，我要去車頭區搞點藥來，因為車尾區很多人受傷了。什麼免費？當然是賣給他們。過去的時候也能賣點他們需要的東西。車尾區能賣啥？人類擁有的一切都可以交換。不是說奧斯威辛集中營裡也有市場嗎？因為人類的需求是永無止境的。你是不是覺得車尾區的人什麼都沒有？不盡然喔，就算用槍逼他們也不會交出來的東西，在我面前他們可都會自願奉上呢。越是一無所有的人，手上越是有稀奇古怪的東西。來，你看看。就是這些東西，全家福照片、壞掉的CD和DVD、刮鬍刀、孩子的鞋、沒電的手錶、舊雜誌和舊書。車頭區的人會被這些東西迷住，因為復古嘛！在這麼狹小的火車裡生活了幾十年，車頭區的人就過得好嗎？越是這種環境，回憶就越成了奢侈品。政治家都覺得是自己阻止了火車滅亡。算了吧，那是像我這樣的商人，才讓大家在沒有暴力的情況下，自願交換彼此需要的東西。和平？那都是商人帶來的。

女人2，車尾區乘客 我有兩個小孩，一個男孩和一個女孩。能搭上這列火車我就很感恩了。我丈夫沒能搭上火車，他說有東西掉在家裡，於是回去找，之後就再也沒見到他了。這裡會給吃的東西，所以不用擔心餓肚子，但我很擔心孩子。不是有些人總是煽動大家搞暴動嗎？我兒子總跟在那些人的後面，模仿他們打架……可他才七歲啊。這裡的教育條件太差了，看到學到的就只有打架而已。

女人3，車頭區乘客，理髮店老闆 這裡太缺人手了。可就算是缺理髮師，也沒有可以補充人手的方法。因為暴動，沒有人敢把車尾區的人領過來教他們。他們應該明白，總是引發矛盾，真正吃虧的人是誰！我們沒辦法相信車尾區的人，就算我們對他們再好，結果他們還是會背叛我們。上次發生暴動的時候，他們拿著剪刀向我衝來，簡直嚇死我了。最近流行的髮型？雷鬼風格，這本來是車尾區流行的。車頭區的有錢人反倒模仿起車尾區的風格，可能是覺得自己與眾不同吧。

男人5，車尾區乘客，詩人　寫詩能做什麼？那不寫又能做什麼呢？身體被困在這裡了……但文字（一臉做夢般的表情）不受困吧？

男人6，車頭區乘客，前電影投資商　等到日後世界變暖，雪都化了，可以把這裡發生的事拍成電影。肯定會很叫座吧？（忽然垂頭喪氣）欸，人類都滅亡了，沒有觀眾了。真可惜，這麼有票房的題材。

今天，火車仍舊載著這些人，朝雪地的消失點無情地開著。

嫺熟的勞動者金小姐

一九九二年的我還是一名企業管理系的研究生。我選擇的專業是組織行動學[7]，在龐大的企業管理系裡它就像是一座孤島。左派的大學生追隨著等同於法國強硬左派的吳世哲[8]教授聚集於此，於是系裡的氣氛更近似於是社會學系。課堂上大家閱讀像路易・阿圖塞（Louis Althusser）和艾蒂安・巴利巴爾（Etienne Balibar）這種激進馬克思主義學者的著作，討論南斯拉夫的自主式模型，或是毛澤東文化大革命的功與過。儘管蘇聯的滅亡已經一目了然，但很多人還是對蘇維埃和社會主義的未來抱著一絲希望。現在回想起來，當時課堂上討論的那些預測幾乎都沒有成為現實。蘇維埃一舉崩潰，中國與我

7 組織行動學是觀察組織內部個人、團體及組織結構帶來的影響，進而研究提升組織效率的學科。
8 吳世哲，1943～，研究馬克思主義的韓國學者，任職延世大學企業管理系教授。

們所預期的背道而馳，「明目張膽」的走上資本主義的大道。如今「Made in China」已成為比任何資本主義國家更資本主義式的剝削勞動者的製造商品標籤。曾視為備選方案的南斯拉夫變得支離破碎，經歷長期的內戰後，令人毛骨悚然的新名詞「種族清洗」載入了字典。

我碩士論文的主題是「傳媒企業約聘人員勞動狀況之研究」。當時，我輾轉於新村的學校和汝矣島的韓國勞動研究院，在勞動研究院為剛從法國獲得博士學位的研究員做助教。「約聘人員勞動」這一陌生的概念正是他告訴我的。

「未來這會成為很重要的問題，因為在歐洲這個問題已經很嚴重了。」

雖然令人難以置信，但直到一九九〇年代初期，還沒有「約聘人員」、「約聘人員勞動」這種用語，當時人們使用的是「時薪制」或「兼職」。在年增長率高達百分之十的高速增長國家，時薪制或兼職只是有特殊情況的人會暫時選擇的工作型態。因為當時是人力慢性缺乏時期，所以絕大多數人就業時就是正式員工，而且能一直做到退休為止。

在這種情況下，勞動研究院的博士勸我去研究「約聘人員勞動」。我那時已經下定決心靠寫字維生，不打算去找正式的工作，所以一下子就被這樣的主題吸引。但問題是找不到合適的研究對象。就在此時，一則新聞報導引起我的關注，內容是關於一個被解僱的排字工的採訪。排字工是從事報紙排版的熟練勞動者，這種古老的職業從報紙誕生以來就存在了。記者寫好的新聞，經由編輯部增刪以後，交給排字工。老排字工胳膊上戴著套袖，用令人炫目的速度快速進行排版，成為讀者看到的報紙形式。即，以可以直接印刷的形式排好鉛字就是他們的工作。如果突然進來了快報，那他們必須立即重新排版。這樣一來，他們就必須具備不亞於編輯的判斷力，和勝過設計師的審美觀。他們必須快速做出判斷，新聞的內容要刪減多少，照片的尺寸要放多大。因為不允許有錯字、漏字，所以他們還要有極高的閱讀理解能力。正因為這樣，日據時代的排字工都是有學識的勞動者。他們被稱為知識份子勞動者，是左翼勞動運動的主力。

但在一九九〇年代初，這些人卻被陸續轉換成約聘人員。教人覺得諷刺的是，主導這種變化的是一九八八年創刊的《韓民族日報》[9]。當時之所以無法拯救這些熟練的排字工，是因為新生的這家報紙採用新登場的電腦排版方式。這個名為CTS的系統幾乎不再需要排字工，只要記者用電腦鍵盤打出新聞，然後編輯在螢幕上排版，就可以直接印刷了。很快其他報紙也開始陸續引進CTS系統，技巧嫻熟的排字工漸漸失去工作。起初報社將他們轉換成約聘人員，然後再以不續約的方式解僱他們。我採訪了這些排字工，完成論文，並以此獲得了學位。之後不到幾年的時間，就連約聘者也都被解僱了，這些被解僱的排字工做起公寓警衛的工作。所有的報紙都採用了電腦排版。

不熟練的勞動者替換掉熟練的勞動者，電腦再替換掉不熟練的勞動者，如今這已成為全球的現象。日本一位作家在小說中描寫出這樣的場面，因工廠引進機器人，導致做重複性工作的年輕人丟失了工作。「真教人不解。如果機器人故障，還要花重金去修理。

9　《韓民族日報》，由宋建鎬等記者於一九八八年五月創建，他們參與守護言論自由抗爭後，遭《東亞日報》解僱。報紙論調為進步主義。

可我受傷了，只要休息一下就能好……再說，我還有醫療保險，幾乎不用花治療費。只要用廉價的我就好啦。」這種難以置信的事，卻奇怪的很有說服力。不熟練的勞動者很輕易就被機器人或機器取代，有時勞動者受到的待遇還不如機器人。這也都是現實。語音系統輕鬆取代了客服專員，CCTV和保全系統簡單取代了公寓警衛。

電視劇《職場之神》中的金小姐（金惠秀）是一個帶有諷刺意味的人物，她在劇中扮演有著驚人熟練技術的約聘人員。擁有上百種資格證的金小姐，不僅做事能力高於正式員工，她還擁有可以適應任何一種職場的多功能性人格。金小姐與正式員工張奎直組長（吳智昊）比賽用釘書機的場面，諷刺了現在不再把熟練看作必備條件的職場。正式員工不是因為會用釘書機而成為正式員工，名為熟練的高牆在正式員工與約聘人員之間已經消失。很清楚這一事實的正式員工，不再想方設法建立起高牆，而做著相同的工作，卻受到不平等待遇的約聘人員，則向社會傾吐著不滿。約聘人員也很清楚，若以金小姐那樣的心態去考取資格證來武裝自己，努力自我開發也是無法解決這種問題的。所以他們只能笑著面對，跟著流幾滴眼淚罷了。就這樣，早上醒來，大家還是要奔赴戰場般的職場。正式員工、約聘人員和機器人在這裡爭奪著有限的工作。在如此快速變化的世界裡，誰才是最終的贏家呢？沒有人會知道。就像一九九二年的我們，根本不知道約聘人員勞動這個用語一樣。

富爸爸之死

某種暢銷書很快就會被淘汰。比如，羅勃特．T．清崎（Robert T. Kiyosaki）的《富爸爸，窮爸爸》。二〇〇〇年在韓國，也就是還不知道什麼是次貸危機的年代，在所有人都還單純的相信錢生錢的年代，這本書出版了。它一躍成為全球暢銷書。

清崎的親生父親曾在夏威夷州的教育部任職，但他一生受債務所困。相反，朋友的爸爸連國中都沒畢業，但卻幫助自己創業製造財富。清崎稱他為「富爸爸」。他說，從富爸爸那裡學到金錢與金融，所以成就了今天的自己。比起一生為人正直，但在掙錢方面卻顯得無能的「窮爸爸」，清崎選擇了「富爸爸」作為自己精神上的父親。這真是一種以有沒有用更換父母的放肆想法！但這種道德上的挑釁，卻在自我開發書的安全框架下為人所接受。反之，那些遵循清崎教導的讀者可是吃盡了苦頭。二〇〇六年，已經抵達頂點的世界經濟，受到次貸危機風暴和雷曼兄弟破產的影響，持續徘徊在黑暗中。清崎不斷強調金融與房地產的重要性，還鼓勵想擁有自己事業的讀者去創業，但那些在二〇〇〇年初期，忠實地遵循他意見的人，恐怕書櫃裡早已找不到《富爸爸，窮爸爸》了。金融、房地產和創業，任何一項在二〇〇七年以後都走向沒落。如果是這樣，那是又返回到「窮爸爸」的時代嗎？人們再次接受了雖有正義和道德卻貧窮的命運嗎？

來看一下朴勳政導演的電影《闇黑新世界》吧。主角李子誠（李政宰）是一個潛入名為「金文」的黑幫組織臥底的警察。對李子誠而言，精神上存在著兩個爸爸。一個是重用、提拔自己這個新人的姜科長（崔岷植），另一個是金文的副手鄭青（黃晸玟）。姜科長看起來是一個典型的「窮爸爸」，從他把接頭地點選擇在快要坍塌的室內釣魚場，和在酒館喝燒酒的場面，就能看出他的貧窮。滿臉皺紋的他，才不過是個科長而已。但儘管如此，他卻有資格以正義之名光明正大的命令屬下去犧牲。姜科長派一名女警（宋智孝）去做李子誠的接頭人，她從就讀警察大學時，就視姜科長如父親般跟隨至今。女

的人卻能穿著講究的西裝，輕而易舉的掙大錢。身為基層警察，住在高級公寓裡的李子誠，做夢也想不到自己能擁有這種富貴與地位。

電影裡的「富爸爸」和「窮爸爸」都死了，但死的方式卻不同。「富爸爸」鄭青死於姜科長的教唆殺人之下，「窮爸爸」則是被李子誠親手殺害的。奄奄一息的鄭青選擇自我「犧牲」，他對要為自己重新戴上氧氣罩的李子誠說：「不要救我，我要是活下來，你能承受得起嗎？」他還給李子誠一個忠告：必須心狠手辣，只有這樣才能生存下去。

電影裡一直感到無助、不安的李子誠，在一個爸爸被殺，和親手殺死另一個爸爸之後，方能從容的笑著坐在「富爸爸」想要讓他坐上的位子，也就是富爸爸的位子。李子誠之所以能坐上鄭青的位子，是因為他殺了「窮爸爸」的同時，「富爸爸」放了他一條生路（鄭青有機會殺死李子誠，但他沒有下手），甚至還幫了他。這是極不現實的，在電影的敘事中也沒有消除這點疑問。正因如此，導演才藉由劇中律師的嘴問鄭青：「為什麼不處理掉李子誠？」

也許鄭青不是不想殺掉李子誠，而是他不能？因為「富爸爸」鄭青已經是個死人了。很久以前人們就拋棄了「窮爸爸」，但信任的「富爸爸」卻沒有把大家變成有錢人。沒過多久，人們便看出高盛集團和J・P・摩根那些「富爸爸」只不過是一群高級的騙子。人們失去金錢、房子和工作，就連對於未來的希望也拋棄了。「富爸爸」宣告了死亡，但選擇他們的大眾卻還在無意識裡無法接受他們的死。所以鄭青的死多少也染上戲劇性和神話的色彩。他就像年邁的君主傳承王位一樣，留下遺言教李子誠去擊退敵人，奪取王冠。

拋棄「窮爸爸」，歸順「富爸爸」的大眾，真的會為自己的選擇感到後悔嗎？針對大眾的無意識是怎樣去迴避痛徹心扉的後悔，《闇黑新世界》給出了暗示。它暗示「窮爸爸」（不單是無能）可能更加狠毒。在「窮爸爸」和「富爸爸」全都消失的今天，世間只留下生存道德而已。姜科長那樣做一定有他道德上的目的（例如，將惡勢力一網打盡），但他沒有講明目標，只是一味的強調犧牲，這讓他反倒看起來像個惡人。相反的，鄭青教會李子誠生存的方式和信念之後便退場了。從這點來看，他更具有真正的父親的樣子。今天的大眾選擇的是教會自己生存法則、而非生存道德的爸爸。

其實，電影的敘事中心是在整件事結束後，像講故事一樣又回到六年前的時間點，讓我們看到了李子誠過去的樣子。一場拚殺後，李子誠站在豔陽下失聲大笑的場面，不禁讓人不寒而慄（主導這場拚殺的人不是鄭青，而是李子誠）。那種笑讓這部電影再次回到李子誠的時間點，在電影裡看似犧牲者的他，或許正是整個事件的主體。他的笑說不定是在悄悄暗示著已經闖下了所有的禍，卻還在裝作若無其事的大眾的無意識。

說不喜歡旅行的勇氣

二〇一三年七月六日，韓亞航空二一四航班在舊金山機場降落時發生墜毀事故，造成三人死亡。載有三百多名乘客的客機機尾和引擎脫落，如此大型事故卻只有三個罹難者，實屬萬幸。據悉，飛機要比汽車安全很多。我在寫這篇文章的今天，慶尚南道的晉州市就發生兩輛私家車相撞，造成四死二傷的慘劇。儘管如此，包括美國在內的全世界媒體，每天報導的還是飛機墜毀的新聞。

這是為什麼呢？不管飛機擁有怎樣的安全裝置，但肉眼看上去還是感覺很危險。人類還沒有徹底進化到可以適應這種飛到那麼高的物體，有的人坐飛機會同時出現懼高症和幽閉恐懼症。這也是理所當然的，因為飛機飛得太高太快，艙內又那麼狹小。我想起作家安伯托・艾可的一句玩笑話，「飛機除了比火車速度快，還有什麼優點？」

從統計上來看，飛機比其他任何交通工具都要安全，但我還是不怎麼喜歡坐飛機。再加上九一一以後，坐飛機旅行便成了苦差事。頭等艙的乘客地位再高，也躲不過美國機場惡名昭彰的檢查。機場為了阻止旅客攜帶液體炸彈，只允許旅客攜帶一定量的液體。他們甚至擔心鞋底藏有炸彈，所以要求旅客脫鞋檢查。九一一恐怖攻擊事件讓我們知道，大型民航客機本身就是足以引發巨大爆炸的物體。恐怖份子利用飛機上提供的鈍餐刀挾持空服員為人質，控制了駕駛艙。如今盥洗包裡的指甲剪也成了危險物品。

搭飛機旅行的魅力急劇下降。兩個小時前必須抵達機場，脫鞋、解腰帶、拿出筆電、清空口袋，然後一臉卑屈的通過安檢櫃檯。經過把商品提高定價、毫無免稅意義可言的免稅店之後，才能抵達登機口等候登機。開始登機以後，還要提著行李排著長隊，按照順序鑽進非常狹窄的機艙，好不容易找到座位後，還要把行李塞進行李櫃後方能入座。過去有段時間，公司裡經常出差的職位頗受歡迎，但如今很多人更羨慕那些派遣別人出差，自己坐等伴手禮酒水的人。

亞歷山大．封．笙堡（Alexander von Schönburg）曾是享譽一時的媒體人。從名字中的「封」（von）字便能猜出他是德國名門貴族的後裔。笙堡被報社解僱後，才恍然醒悟到原來自己是個「沒落的專家」。不單單是家族在逐漸沒落，身為家族中一員的自己也已日落西山。但他沒有咒天罵地，而是決心以「沒落的專家」身分把家族的智慧傳播出去。因此他創作了《窮得有品位》一書。笙堡的家族曾是在德國全境擁有城堡的豪門貴族，可如今往事已不堪回首。但他的精神世界還依舊是貴族式的。比如，他斯文的捅破了德國人對於休假旅行的幻想。看到各大旅行社推出「搭乘豪華遊輪，享受上流貴族人生」的宣傳語時，笙堡說：「貴族以前不喜歡旅行。」因為「旅行又麻煩又費事，還會有危險」，如果一定要去旅行，就要帶上全家人，乾脆轉移居住地點，短則數月，長則幾年。按照笙堡的說法，是近代初期的英國人喚起歐洲中產階級對於海外旅行的熱情，其中皇家地理學會可說是罪魁禍首。他們去尋找尼羅河的主流，在南非的草原與獅子搏鬥，還在亞馬遜的密林裡與原住民共舞。對此笙堡提出了反問，德國普通的中產階級一年只有幾個星期的假期，他們會把寶貴的假期浪費在跑到蠅滿為患的南非草原，擔負著罹患瘧疾的危險，去尋找偶爾才會出現的獅子嗎？

夏天將至的時候，大型書店的旅遊書展區就會變成戰場。書架上的旅遊書彷彿都在提高嗓門喊著，待在家裡過暑假是最糟糕的，哪怕是承擔危險和風險也要在精彩的異國他鄉過暑假。印度洋的珊瑚礁，紐約的第五大道，普羅旺斯的村莊和緬甸的石佛在等著你。

不知從何時起，旅行像是成了神聖而不可侵犯的宗教似的，大家都不敢理直氣壯地說「我討厭旅行」（或許這是受到招聘新員工廣告上的「可以去海外旅行」的影響？）不知道為什麼，說不喜歡旅行就會被當成軟弱、懶惰的膽小鬼。如果是像笙堡這樣，出身於豪門世家，也可以優雅的說：「我們貴族以前就不喜歡旅行。」但對於我們這些平民百姓而言，這種修辭可是沒辦法派上用場的。

一位既不是貴族也不是普通人的詩人，以從來不旅行而出名。他生在首爾，也在首爾就學，成人以後也沒有離開過首爾。他從不去海外旅行。他在首爾寫詩、聽音樂、翻譯書籍和見朋友。朋友出國旅行，他會等著他們回來。大家問他：「你不覺得悶嗎？」他笑著回答：「我不覺得有出門（離開首爾）的必要。」出門開銷大，還要冒著危險，吃盡苦頭回來後，卻還要對周圍的人謊稱「這次的旅行太棒了」。比起這樣的人，我更欣賞那個坦坦蕩蕩的回應說「我不覺得有出門的必要」的詩人。

雖然這是老生常談了，但我至今也還是覺得，去不去旅行只是選擇的問題。

第二部

布達佩斯的戀人

我在一九九五年的二月退伍。同月，我在一家季刊雜誌上發表了名為〈關於鏡子的冥想〉的短篇小說，以此登上文壇。小說描寫的是一對沿著江邊散步的情侶，鑽進了報廢的汽車後車箱，被困在裡面的兩個人因感到絕望做起愛來，最終他們死在裡面。這可真是沉悶、黑暗的「十九禁」小說（後來小說被翻拍成名為《紅字》的商業電影）。小說發表後，我守在電話旁，以為會接到接連不斷的約稿電話，但等了幾個月也沒有任何消息。為了生計總得找點事做，於是我打電話到母校的韓國語學堂，詢問那裡是否需要韓語講師。對方說今年已經滿額，叫我明年再打電話來。身為能夠非常流暢使用韓語的當地人，我把這份一天教外國人四個小時韓語的工作，視為自己剛邁出作家第一步的理想職場。但怎麼辦呢？招人已經結束了。

我又找到社區裡標榜「少數精英主義」的補習學院，院長欣然接受了我，當下就叫我去上課。我給一男一女兩個高中生上了一個小時的英語課，那兩個學生真是聰明得有點過頭。或許院長對我的期望過高，我不禁感到很有壓力。上完課後，院長直接把那兩個學生帶到院長室。稍後，院長走出來對我說：

「今天辛苦你了。下個星期開始，你去教國中一年級的學生吧。」

後來我才得知，那兩個「聰明過頭」的學生是用來測試新講師實力的孩子，他們是附近名校名列全校前十名的高材生。按照「聰明過頭」的孩子的嚴酷評價，我被分配到與該學院少數「精英」差距甚遠、代表著極少數「非精英」的國一班。我的能力不足，孩子的能力也不足；我哭，孩子也跟著哭；看到我們哭，院長也跟著哭，院長一邊哭一邊扣講師的薪水。唉，那時候的日子就是這樣。

不管怎樣，我還是靠在學院掙的幾個月薪水，去歐洲當背包客了。當時《愛在黎明破曉時》還沒在韓國的年輕人心中燃起烈火。也就是說，還是在「Before《愛在黎明破曉時》的年代」，我就已經買了歐鐵聯票，帶著二十八歲青春的期待，踏上為時一個月的漫長旅途。我以為一路上到處都會遇到電影或小說裡頻繁出現的浪漫情節，但直到為了換乘前往佛羅倫斯的火車，來到維也納車站以前，在那將近半個月的時間裡，不要說浪漫的愛情，就連一句完整的話我也沒有講過。就這樣，我徘徊在歐洲的城市裡，幾乎快要處在抑鬱症的狀態。太想找人聊天的我，在維也納車站的候車室裡聽到母語時，慌慌張張地朝那邊望過去，只見兩個看起來二十歲出頭的女生抱著碩大的背包坐在那裡聊著天。

她們是表姊妹，大學剛畢業就結伴來歐洲旅行。我纏著這對在等待開往布達佩斯火車的姊妹，傾訴起半個月裡沒有講的話。兩個人當中，姊姊特別有耐心的傾聽著我狂飆的廢話。時間一到，她們上了去布達佩斯的火車，我也按計劃去佛羅倫斯。

我原本計劃在佛羅倫斯逗留三天，慢慢欣賞各地的景色。但忽然之間，我對佛羅倫斯失去了興趣。當我站在觀光客熙熙攘攘的學院美術館，仰望著肌肉男大衛完美的身材時，忽然下了決心。

去布達佩斯！

如果我說這是為了再多運用一下流暢的韓語，那都是騙人的。其實，在維也納遇到的那對姊妹，特別是姊姊，總是影影綽綽地出現在我眼前。唉，布達佩斯又不是鄉下地方，怎麼說也是一個國家的首都，我這樣盲目去了，是要到哪裡找她們呢？像這種理性的想法，我一點都沒有想過。

隔天一早，我下了夜間火車，正在布達佩斯車站徘徊的時候，那對姊妹神奇地出現在我的面前。我的人生終於也出現奇蹟。她們說剛好來車站打探去巴黎的火車時間。

「你找到住的地方了嗎？」

聽到我說沒有，姊妹二人說自己住的民宿還有空房，於是帶我去那裡。一臉好心的匈牙利大嬸把自己的房間讓給我，自己去住親戚家。更讓人期待的是，我有好感的姊姊留了下來，妹妹第二天要出發去巴黎。聽她們說，兩個人的護照和歐鐵聯票在巴塞隆納都被人偷了，姊姊的家人欣然又給她買了一個月的車票，但妹妹的家人卻叫她立刻回國。天啊，這也太值得期待了吧！

翌日，妹妹上了去巴黎的火車後，我和留下來的姊姊住在同一家民宿，結伴遊覽布達佩斯。白天我們在溫泉浴場游泳，晚上忍受著睏意觀看歌劇，還一起喝不知名的啤酒。

三天後，我們一起上了開往維也納的火車。她的計畫是在義大利下車，從那邊再旅行幾個城市，然後坐船去雅典。我則打算往法國南部移動。但當火車快要抵達維也納的時候，我腦子裡自然而然地浮現一個問題，「反正是一個人旅行，計畫這些有什麼用呢？」於是我對她說，自己很久以前就很想去希臘。她像是早有預感似的，爽快地回說：「喔，真的嗎？那我們一起去吧。」

我們經由阿西西和那不勒斯抵達布爾迪西後，利用歐鐵聯票免費搭乘渡輪移動到雅典。在希臘炙熱的太陽下，我們散步在石堆之間，泡在海水浴場品嚐著名叫蘇富拉奇的烤肉串。就這樣，過了四天後，她按照計劃去伊斯坦堡，我則經由巴黎先回國。

過了一年後，我在鐘路的某家電影院觀看《愛在黎明破曉時》。看到背景是在維也納時，不禁感到很神奇。不過當時也只覺得是巧合罷了。在那之後又過了很長一段時間，如今我坐在釜山的某家電影院觀看著《愛在午夜希臘時》。這次的背景偏偏又是希臘！怎麼會有這麼巧合的事呢，而且我和主人翁傑西（伊森・霍克）的職業也一樣。

準備當國小老師的她，現在身在何處？日子過得好嗎？電影裡的主人翁不管怎樣都重逢了，他們生活在一起爭吵著瑣碎的事，而現實中的我們卻連彼此的近況都不知道（與席琳不同的是，她從未出現在我舉辦的多場朗讀會上）。但我可以猜到的是，如果她也看了《愛在午夜希臘時》，肯定會想起那個在維也納與自己擦肩而過，卻在布達佩斯再次「巧遇」，然後一起前往雅典，一路上喜歡口述自己寫的怪異小說的男生。

《愛在午夜希臘時》中快要四十歲的席琳（茱莉・蝶兒）問傑西：「假如你遇到現在的我，還會跳下火車嗎？」同樣的問題，我也問了沒有跟在維也納相識的人生活在一起的自己。「在不確定能見到她的情況下，我還會再次盲目的跳上開往布達佩斯的火車嗎？」應該不會了，那樣的衝動只適合二十八歲的年紀。那麼對於四十歲的男人而言，做什麼事更適合自己呢？我想，就是眼前做的事吧。讓自己深陷在電影院的黑暗中觀看電影，回想過去甜苦參半的回憶，然後莫名感到孤單寂寞時喝上一杯啤酒，繼續寫字。

以二十歲的體格，四十歲的頭腦活下去，活久了就會發現各有各的好處。如今，我開始期待茱莉・蝶兒和伊森・霍克的下一部電影。或許，我是在以等待另一種人生的心情期待吧。

雖然不清楚，但我需要你

在看電影《建築學概論》以前，我心想難道這真的是在講蓋房子的故事？但看了以後才發現，原來這是一個利用建築作為素材，透過不一樣的手法敘述的愛情故事。但後來仔細一想，電影的關鍵詞還是蓋房子。這個故事講的是，濟州島出身的女主角自小受到父親的疼愛與期待，到首爾留學後，與住在江南的醫生結婚，但很快便離了婚。離婚後，她打算為住在故鄉、年老生病的父親蓋間房子。不過，設計那間房子的人卻是她讀大一時，短暫交往過的貧苦首爾男生。

這部電影裡出現了兩條三角關係。一條是建築師勝民（李帝勳／嚴泰雄）——瑞妍（秀智／韓佳人）——瑞妍的父親（李勝浩），另一條是勝民——瑞妍——勝民的未婚妻恩彩（高俊熙）。兩條關係中的第一條，即懷著想要給父親蓋房子的慾望的女兒，和可以替她實現這種慾望的前男友，所建立起來的三角關係。這條更讓人覺得有趣。

電影從瑞妍直接找到勝民的建築事務所開始，當勝民問她為什麼找到這裡來的時候，瑞妍答說：「為什麼來找你？你是做什麼的？你不是蓋房子的嗎？」表面上看，這句話難以令人接受，因為建築師又不是只有勝民一個。勝民拒絕瑞妍說：「我不行，這種事我從來沒做過。」最終，勝民還是沒能拒絕初戀情人的委託。但問題出現了，瑞妍不滿意勝民提出的新建設計方案。這時，勝民的未婚妻，也就是在同一家建築事務所工作的恩彩讀懂了瑞妍的慾望（同時，她也看穿了勝民想要給舊情人蓋間完整新房子的慾望），於是提出新的方案。不是新建，而是擴建。瑞妍的慾望在三角關係中，並非是想除去最高點的父親，好與勝民一起「蓋新房」，她是想保留最高點的父親，來與勝民展開這場新的遊戲——「擴建」。相反的，勝民的慾望則是希望徹底剷除父親這個障礙物，好來獨占瑞妍——「新建」。因為自己的慾望被未婚妻識破，所以勝民無法再堅持新建。瑞妍藉此可以觀察自己的意圖，對她而言值得慶幸的是，透過這樣的過程，又多出一條包括恩彩在內的、更加有趣的三角關係。因此，遊戲也變得精采起來。

瑞妍在恩彩面前，故意指出勝民的領帶一般。這是很明顯的隱喻，領帶正是指勝民的男根／陰莖，隨後瑞妍到百貨公司給勝民選了一條領帶作為禮物。她再去見勝民的時候，雖然帶去了，但恩彩的登場卻讓自己這一露骨、淫亂的計畫徹底失敗。瑞妍拿著領帶去年老生病的父親病房，再也不需要繫領帶的衰老父親看到女兒的禮物，感到既驚訝又很為難。早年自己蓋的房子，跟女兒一起住過的家，無需拆毀而是擴建。父親接過擴建的設計藍圖，很滿意的說：「這才像個家。」跟著，他又對離婚的女兒說：「妳也回來了，那還要再準備一架鋼琴。」

隨著電影的進展，觀眾可以知道瑞妍的專業是彈鋼琴，但她去首爾後，發現憑藉自己的實力很難成為一名演奏家，於是放棄了夢想。觀眾經由父親的臺詞可以知道，鋼琴並非瑞妍的慾望，而是父親的慾望。即，可以猜到瑞妍是在慾望著父親的慾望。

瑞妍為什麼不開門見山的對勝民說／為什麼不能說「我想跟你在一起，所以蓋一間我們一起住的房子吧」。如果是拉岡的話，他一定會把瑞妍說成是「歇斯底里症患者」。拉岡把歇斯底里症患者定義為「將自己的慾望持續維持在不滿足狀態的主體」。貫穿整個電影，瑞妍是在利用交換自己與他人的慾望，藉此展開遊戲。利用年老生病的父親作為藉口接近勝民，利用勝民來滿足父親的慾望。瑞妍真正的慾望是，藉助他人的慾望來掩飾自己的慾望。這樣一來，隱藏起來的慾望就無法得到滿足了。

二〇一二年釜山國際電影節上映的加拿大影片《愛，無盡》也是一個講蓋房子的故事。克雷格（詹姆斯．克隆威爾）與艾琳（珍妮薇．普裘）是對一生務農的夫妻。對於得了失智症的艾琳而言，破舊的雙層房屋是非常危險的，於是一生自食其力的克雷格準備在能瞭望到大海的山坡上為妻子蓋一間平房。但公務員找上門，說他違反了建築法，阻止他蓋房。克雷格用從父親與祖父身上繼承下來的方法蓋房，但現代法律是不允許沒有藍圖蓋房的，這簡直讓克雷格快瘋掉。妻子已經徹底失去記憶，克雷格知道自己也將不久於人世，他沒有時間了。克雷格不斷爭取，最終憑藉自己的力量為妻子蓋起房子。故事雖有感人之處，但《愛，無盡》卻沒有《建築學概論》那麼有意思。因為所有慾望的方向都太直線了，子女為了阻止父親短暫登場，但在父親一句「這是我們夫妻的事，不用你們管。」之後就退場了。在西歐白人的文化裡，很早便明確的區分開父母與子女之間的分離關係，所以即使是子女也很難隨便插手父母的事。相反的，正如我們在《建築學概論》裡看到的，男女之間的關係是更加神經質的，父母與子女的關係是無法輕易分離的，幾乎所有的愛情關係都會與父母（特別是異性父母）形成三角關係的一個軸。男生在戀愛、結婚時，一定會與自己的母親產生三角關係的一個軸，女生也會和父親形成一個軸。「女生都會跟像父親的男生結婚，男生也在不知不覺中尋找著與自己母親合得來的女生」，這句我們常說的話，就是來自於集體心理。

瑞妍是一個喜歡與他人交換慾望的女生，所以她無法誠實的面對自己。我相信瑞妍去找舊情人的理由，只是出自想給父親蓋一間房子的孝心；送舊情人領帶，也只是覺得勝民不會穿衣服而已。因為瑞妍不敢直視自己的慾望，所以只能通過勝民的慾望去了解自己是誰、想得到什麼。但過去刻骨銘心的經驗，讓勝民知道瑞妍是怎樣的一個女生，因此他感到害怕。像瑞妍這樣不知道（假裝不知道）自己的慾望是什麼，只想通過他人去了解自己的人，真的會讓對方感到疲憊。但男生卻總是覺得這樣的女生有魅力，也同樣希望通過女生的慾望來發現自己的慾望。從現實的觀點來看，像克雷格這種願意對老年患病的妻子負責到底的成熟男人才最為可靠，但我們卻更容易被像勝民那樣掙扎在混亂之中的男生，或是像瑞妍那樣搞不清自己的慾望、卻很理直氣壯的女生所吸引。我們的內心不是俄羅斯娃娃，內心存在著一個自己，裡面還有一個自己。而是不知何時他人的慾望會闖入我們的內心，然後把我們搞得一團亂。正因如此，這個所謂的人間小地獄才總是樂趣無窮。

（Philip Shaver）在機場蒐集情人離別時的行為，並對此進行分析。大部分的情人都會親吻和擁抱，然後依依不捨的拉著手。但即便如此，這些情侶多少還是存在著某種程度上的差異。有的人難以掩飾極度的不安，怎麼也不肯放對方走，但也有成熟、冷靜地接受即將要離別的人。費雷利和薛佛認為這種行為源自母子之間的依賴關係，情侶之間的行為都是在模仿兒時自己對母親做出的行動。小孩即使熱衷於玩眼前的玩具，卻也一直確認著媽媽在哪裡。假如媽媽暫時不見了，他們便會大哭大鬧起來。就算小孩接受了不得不分開的現實以後，他們也仍舊不肯放手，會一直盯著媽媽離開的方向。類似的情況是，與母親之間存在不安的依賴關係的人，與愛人面對離別的瞬間時，便會感受到巨大的恐懼與難過，他們會在心裡想，這或許是最後一次見對方。相反的，跟母親的依賴關係相對穩定的男女在進行離別儀式時，通常不會那麼大費周折。感情好的情侶平時也會用幼稚的愛稱稱呼彼此，講話時還會表現得口齒不清，他們不停地互相撒嬌，測試彼此的感情。在這裡我們可以推測，那些與父母愛戀關係健康的人，也會與愛人建立起正常的關係。從小缺少父母疼愛的人，則會不停地想要確認對方的愛，傳送十幾則簡訊，查看對方的行蹤，提出不合理的要求，藉此測試對方是否接受這樣的自己。

每當發現人世間的事與正義毫無關聯的時候，都會覺得心裡很不是滋味。那些兒時努力討好不疼愛自己的父母，或是從小缺少家庭溫暖的人，不應該在與愛人的關係中遇到挫折。如果事情能剛好相反該有多好，不疼愛孩子的父母得不到子女的關愛，兒時過得越是不幸，長大後越是能與愛人順利的交往。但遺憾的是，人世間的事似乎與正義沒什麼關係，所以基督教或佛教才會把實現正義推在死後或來生吧？

保羅．湯瑪斯．安德森（Paul Thomas Anderson）導演的電影《世紀教主》裡充滿了關於父母與子女之間關係的比喻。主人翁佛萊迪（瓦昆．菲尼克斯）自小沒有父親，母親住在精神醫院。電影中途才道出他出身不健全的家庭，但觀眾從第一個場面就能知道他是一個「沒教養的傢伙」。佛萊迪不但不知羞恥，還充滿慾望。佛萊迪騎在海軍士兵用沙子堆起的女人身上，做出不雅的行為，這一露骨的舉動就連年輕的士兵看了都皺起眉頭。此外，佛萊迪還會私自釀酒，他是個總是喝得醉醺醺的酒神級人物。扮演佛萊迪的菲尼克斯眼裡總是散發著一種狂氣。二戰結束後，回到美國的佛萊迪在百貨公司當起攝影師，但他卻無法與真實的女人保持正常的關係。他依舊喝著自己私釀的酒，偏執的刁難著世界。有一天，佛萊迪喝得爛醉的時候遇到了「教主」蘭開斯特（菲利普・西摩・霍夫曼）。作為新興宗教的教主，正在擴展勢力的蘭開斯特帶領、主宰著信徒，從各方面看他都展現出父親的一面。佛萊迪是在漂浮在大西洋的船上遇到蘭開斯特的，這一點很耐人尋味。船上的蘭開斯特看起來就像是《舊約》裡的諾亞，諾亞是唯一相信耶和華的人，而在那些不相信耶和華的人眼中，蘭開斯特則像是新興宗教的教主。二十世紀在諾亞的方舟上，佛萊迪被既像是「父親」，也像是「教主」的蘭開斯特所迷惑，而蘭開斯特也接受了佛萊迪。佛萊迪努力討蘭開斯特的歡心。當蘭開斯特遭到警察逮捕時，佛萊迪就像忠於主人（教主）的狗一樣為了保護主人衝上去。

蘭開斯特命令佛萊迪做的所有事，即便是違背本性的事，他也會竭盡所能去完成。

佛萊迪為了成為優秀的兒子，在所有信徒的眾目睽睽之下不停地往返於那間狹小的房間。這讓看電影的觀眾也感到很焦慮。

對佛萊迪而言，蘭開斯特是一個典型的壞父親、壞情人。蘭開斯特登場時極具魅力，但他卻不給孩子或愛人真正渴望的愛。他不停地去暗示大家，你們還不足以得到我的愛，以此來控制那些渴望得到愛與眷戀的孩子和戀人。

佛萊迪是海軍的水手。自古以來，坐船遠行意味著與家人分離，長大成人。《白鯨記》中的以實瑪利上了捕鯨船，以此代表新的人生開始。《教父》中的麥可．柯里昂（艾爾．帕西諾）加入海軍參加二戰，意味著違背父親與家族的意願。但《白鯨紀》和《教父》都向我們展示了，坐船遠行並不能成為一個真正的大人。以實瑪利必須要克服瘋狂的亞哈船長，柯里昂也必須接受成為「教父」，承擔起保護家族的命運。佛萊迪真正成為大人的瞬間，是在他發現名為蘭開斯特的父親，其實是一個充滿弱點，渴望得到他人關愛的脆弱存在時。蘭開斯特喜歡喝佛萊迪釀造的內容不明的酒，這種私釀酒令他上癮，讓他在信徒面前暴露了自己用理性和科學包裝起來的「教主」的弱點。於是，大家開始對他產生戒備。保羅·湯瑪斯·安德森導演捕捉到父子之間的關係並不是單方面的，父親也曾是人子，也會不斷尋找父親，而那個父親有時會出現在崇拜自己的人當中。狡猾的兒子剛好會利用父親的這一弱點。

我們曾經都是受到父母疼愛、照料的脆弱孩子，這是從未改變過的事實。有段時間，光化門教保生命的大樓上掛出寫有聶魯達詩句的大型橫幅：「曾經是我的那個孩子在哪裡？」那個孩子永遠在我們心裡，不會停止成長。所有的悲劇和喜劇都從這裡開始。坐船離開家鄉、會私自釀酒就能成為真正的大人的話，那文學、戲劇和電影也許就不會存在了。

有一天，蘭開斯特帶著佛萊迪來到沙漠。「教主」蘭開斯特教佛萊迪騎摩托車抵達指定的一個點後返回。騎著摩托車馳騁在沙漠裡的佛萊迪並沒返回，而是就那樣揚長而去。在一望無際的大海無拘無束長大的人，最終沒有被馴服，他逃離父親劃下之界線的

及時行樂與勿忘終有一死

日本宮城縣閖上村住著五千六百名村民。二〇一一年三月十一日，大地震發生後海嘯襲擊了整個村子，造成七百多人喪命。地震與海嘯之間間隔七十分鐘的時間，但這些在全世界預防地震做得最完善的國家長大的漁村居民，為什麼不及時避難呢？他們為什麼會安靜地待在各自的家中等待海嘯來襲呢？

一九五〇年六月二十五日，《京鄉新聞》的副刊刊登了一篇文章，題目為〈電影界的貧困獎〉。文中認為在電影製作中沒有比設備和環境更重要的，並以此為論調批判了電影界的現實情況。雖然不知道當時電影界的情況有多窘迫，但那天凌晨朝鮮人民軍已經越過三八線展開大規模的南侵。比起即將要面對的命運，報紙卻在討論是編劇重要，還是導演重要。此時在這裡批判天才的期望論，可真是有夠閒的了。同天的《東亞日報》

還報導了鐘路和忠武路附近的金行商人抱怨經濟蕭條的內容。

很多以戰爭為題材的小說，都會先描寫戰爭爆發前的和平場景，小說的登場人物都不會注意到戰爭爆發前的不祥徵兆，大家都泰然地過著每一天，只會為那些很快便失去意義的問題提心吊膽。

希特勒對猶太人的鎮壓並不是某天早上突然迅速實行的，他先是凍結猶太人的財產，跟著限制他們的自由，每次演說的時候也都會連帶著批判猶太人，而且批判的強度越來越大。希特勒沒有從一開始就對猶太人使用瓦斯。

每次觀看以屠殺猶太人為主題的電影，觀眾都會為此感到痛惜。為什麼猶太人不趁早逃到瑞士或美國去呢？一九五〇年六月二十五日的金行商人也同樣令人感到痛惜，他們不應該在那裡抱怨蕭條的經濟，而是應該趕快收拾起展示櫃裡的金銀首飾去逃難。閑上村的生還者想起罹難的家人也會感到很痛惜，可他們那時為什麼不趕快避難呢？為什麼無視地下管道一直冒水的奇怪現象呢？為什麼在那麼緊急的狀況下，還修理著壞了的電視支架呢？

回顧過去發生的事，我們可以輕易的嘲笑「真是群愚蠢的笨蛋」！可從現在的時間點看，不管是那些不肯棄店逃生，結果死在瓦斯室的猶太人，還是刊登批判電影界現實的《京鄉新聞》記者，以及發生地震時卻還在家中修理電視支架的閑上村居民，所有人都教人無法理解。

如果把事情發生的時間點移到現在的話又會怎樣呢？假設北韓突然在首爾上空投下原子彈，未來的作家以這件事為主題寫小說的話，閱讀那本小說的讀者又會怎麼想我們呢？他們肯定會覺得我們在面對未知的命運時太過杞人憂天。低出生率、房地產價格下跌、經濟蕭條和霸凌，這些嚴重的問題在他們眼裡都會是微不足道的小事。

閑上村的居民為什麼白白浪費掉七十分鐘的時間不避難呢？日本當地的集體心理研究員，以大眾很容易出現的幾點傾向解釋了這件事。其中兩點也是在暗示著我們。

首先是「認同多數的傾向」。「出來一看，街上沒有避難的人，心想大家應該都待在家裡，所以我也待在家裡。」這就是認同多數的傾向。大邱地鐵火災發生當時，儘管地鐵裡瀰漫著煙霧，但也沒有人為之動搖，就是因為沒有人先逃生。

其次是「恢復正常的傾向」。我們的大腦進化到了會無視某種程度的危險徵兆。這個裝置非常敏感，如果受到恐慌障礙、廣場恐懼、懼高症和幽閉恐懼症等影響的話，便很難正常的生活。「啊，電梯晃了一下，會不會墜落呢？」這樣的疑慮是正常的，但如果頻繁出現的話，我們恐怕連家門也出不去，所以正常的大腦會關掉這種裝置的開關。於是，我們才能坐地鐵（「發生火災怎麼辦？」），去人多的地方（「萬一有人拿刀衝向我怎麼辦？」），走夜路（「要是連續殺人犯躲在電線桿後面怎麼辦？」）。

二〇一三年四月，在北韓不斷的嚴重威脅之下，我們還是能若無其事的生活，這令世界為之震驚。聽說有韓國的大學生因擔心福島的核輻射，所以不敢去日本旅行。對此日本人感到很驚訝，那他為什麼不害怕金正恩的核彈？我認識的一個居住在紐約哈林區的黑人老婆婆，她堅持不敢去墨西哥旅行，因為那裡犯罪太多，太危險。相反的，墨西哥的有錢人來紐約旅行時也不會到哈林區來，他們覺得哈林區在白天也會發生槍戰，認為那裡是販毒集團的天堂。我去過很多次哈林區和墨西哥，但沒有發生任何事。我們因為認同多數和恢復正常的傾向，所以不管是在韓國或哈林區、日本或墨西哥都能泰然地生活，然後覺得其他的地方很危險。

我們會放大他人的危險，反之無視自己的危險，這就是人類。我這樣講，不是因為擔心有一天北韓會發射核導彈，所以先呼籲大家去避難。據說羅馬人舉辦華麗的宴會時，奴隸會托著放有骷髏的銀盤穿行在客人之間。或許這是象徵著「Memento mori」。即「勿忘終有一死」的意思吧。羅馬人這樣做只是單純的想為宴會助興，他們覺得看到骷髏會更想喝酒。羅馬人是變態嗎？不，現在那種傳統延續到萬聖節。到了萬聖節，骷髏和活屍便會走上街頭，帶著亡者面具的人們會徹夜暢飲。萬聖節的象徵，挖空後點亮的南瓜也可以讓人聯想到骷髏。一想到死亡與終結，便會讓現在的人生變得更加燦爛和甜美。兩千年前的羅馬人已經看透這一點了。

沒有人能預測未來，但站在未來的時間點去想像現在的悲劇性結局，會使得現在的人生變得更加特別。這就是及時行樂。及時行樂和勿忘終有一死，就是這樣結合在一起的。

終有一死的人生，盡最大的努力活下去的理由

我們為什麼害怕死亡呢？

伊比鳩魯鑽研了這個問題。他認為如果我們不能克服對於死亡的恐懼，便無法享受「可貴的快樂」。伊比鳩魯這樣說道：

「要讓自己習慣去思考，死亡與我們沒有任何關係。因為所有的善與惡都是依據直覺而來，而死亡正是意味著這種直覺的喪失。我們必須正確地洞察到死亡是與我們無關的事。這樣的洞察，並不是為了賦予我們人生無限的持續性，而是讓我們能夠丟棄永生的慾望。……不會有我們存在其中的死亡。當死亡來臨的時候，我們便也不存在了。」（Volker Spierling，《哲學精選集》，輔音與母音，二〇一三）

如果問老人最害怕什麼的話，他們會回答「害怕一個人死」。其中最讓他們感到害

怕的是，自己死後無人察覺，始終無人過問的孤獨死。他們都覺得死後也能像活著一樣，但我們死後是什麼也看不到，感受不到的。早在一千三百多年前，伊比鳩魯就洞察到死亡即是這種狀態，所以一個人死或是大家一起死，還是在家人面前死，死亡只會把我們引向相同的狀態。那就是，絕對的無與沉默的世界。

那些說害怕「一個人死」的老人是愚蠢的嗎？或許他們強調的不是死亡，而是「一個人」呢？我們是不是可以理解為，人類真正害怕的不是死亡本身，而是徹底淪落成孤單的個體呢？死是私人的事，出生會伴隨著母親的痛苦，但死卻只能一個人去經歷。總而言之，我們都將一個人死去。

罹患憂鬱症的人自殺率要比正常人高很多，不管其中的原因是什麼，得了憂鬱症的話，看待世界和人際關係便會變得很悲觀，然後陷入以下的沉思中。

「世界變得越來越糟糕，只留下我一個人成為沒有價值的存在。反正人早晚會死，沒有人能擺脫這種命運……」

憂鬱症患者站在可以冷靜直視每個人都是一個人，誰都難逃一死的命運立場，所以他們會變得極端的現實。對於提早體驗了「一個人死」之痛苦的他們而言，生即是死，死即是生。但與其他人不同的是，他們會利用死亡來結束這種絕對的孤獨。把孩子從高層公寓丟下來摔死，跟著試圖自殺的憂鬱症患者，他們堅信不疑的是「活在這樣的世界上是痛苦的。這麼做都是為了孩子好」。他們對於人生的痛苦和無意義存在可怕的確信。如果說伊比鳩魯是藉由名為死亡的無意義階梯，通往高貴的極樂世界的話，那麼憂鬱症患者的無意義與痛苦，就等於是站在跳臺上向死亡世界的一個跳躍。

電影《地心引力》的背景是行星與行星之間的宇宙空間。那裡非常寒冷，處在沒有氧氣和水的失重狀態。主人翁蕾恩·史東博士（珊卓·布拉克）漂浮在那裡。她年幼的女兒因事故去世，失去唯一的血脈後，她來到宇宙。電影用宇宙空間來暗喻死亡真是再恰當不過，我們都知道死亡「在那裡」，但卻不可能抵達那個巨大的無與沉默共存的世界，那裡不存在任何的生命。電影一開始，觀眾便被史東博士正在修理的哈伯望遠鏡帶入了又遠又深的黑暗。大家都知道，如果黑暗就這樣一直延伸下去，最後她是無法返回的。因為宇宙沒有盡頭，她的身體會像靈魂一樣永遠漂流在名為宇宙的九泉之下。

但同事救了她。雖然她活了下來，但映在她眼裡的世界卻還是憂鬱症患者的世界。史東博士接受修理哈伯望遠鏡的任務，是為了從女兒的死走出來，但任務失敗了。太空船內外漂浮著死掉同事的屍體，他們與地球徹底失去聯繫。最後存活下來的同事也為了救她，主動犧牲了自己，漂向廣闊的宇宙。此時，史東博士失去一切。宇宙本身就是沉重的沉默。加上太空船上的燃料所剩無幾，此時她做出的選擇便更傾向於典型的憂鬱症患者，在死亡找上門以前，自己主動走向死亡。

到此為止，電影透過宇宙向人們展示了憂鬱症患者所經歷的心理上的風景。在觀看電影的過程中，最吸引我的是，幽閉在絕對孤獨中的史東博士眼中，映射出無邊無際宇宙的絕對空虛。如果是罹患過憂鬱症的人，會很清楚無需身穿太空衣飛到大氣層以外，也可以感受到那種空虛。在燃料已盡的太空船裡，史東博士意外的透過電臺電波聽到地球上某一個家庭有說有笑的聲音，她俯視看向人們生活的美好蔚藍星球。那些幸福的人距離自己太過遙遠，而且他們的生活與自己毫不相關，此時史東博士的神智也處在了失重的狀態。

短暫的瀕死體驗過後，史東博士利用最後的燃料和滅火器的噴射力抵達中國太空船，她駕駛那艘太空船返回了地球。如果把這部電影看作是描寫因意外事故失去女兒的憂鬱症患者的心路歷程，那應該反問她是如何從「精神上的失重」狀態掙脫出來，重新返回到擁有強力地心引力的地球來的。如果是弗洛伊德，或許會解釋為這是因為她處在宇宙的空間裡，所以才驅使她進行哀悼。相反的，如果是伊比鳩魯的話，會說這是因為她親眼目睹了同事的死（女兒的死只是從電話裡聽到的），這使得她正確的洞察到死亡是與自己毫無關係的事，由此重新獲得了對於有限生命的渴望。從某個角度來看，憂鬱症患者就像是提早準備受罰的學生，他們過於害怕死亡，整日被其所困。對於死亡過度的恐懼，要如何去克服這種可以毀掉生活中小小喜悅的恐懼呢？《地心引力》的鏡頭貫穿了衛星的碎片，長時間的注視著男同事的屍體。那張消失了的臉，透過消失的人去直視宇宙的場面，是這部電影中最令人印象深刻的鏡頭之一。如果這就是死亡的話，那伊比鳩魯的說法就是對的。沒有面孔的屍體和不久前還在跳舞的同事之間，沒有任何的關係，他們之間有的只是無情的宇宙。所以史東博士把目光轉向自己來時的小行星，也就變得自然了。對於死亡的直視和洞察，為她打開了伊比鳩魯式的啟示空間。地球的空氣、水和重力一直在我們周圍，在死亡來臨前還是盡情地去享受這燦爛、有限的一切吧。

對於剛剛抵達地球的史東博士來說，伊比鳩魯的這番話顯得不再尋常。

「對於那些真正意識到人生不會持續連接下去、死後不會有任何恐懼的人而言，現在的生活也不會存在恐懼了。」（艾倫・狄波頓，《哲學的慰藉》，藍色未來，二〇一二）

第二部

在浴室唱歌

洗澡的時候，我就會變成一名歌手，觀眾只有我一個人，鏡子和瓷磚環繞的空間回音也很棒。可如果走到外面，我就會因為害羞而唱不好歌。這也是伍迪・艾倫導演的《愛上羅馬》裡從事殯葬行業的占卡羅（男高音法比奧・阿米里雅圖 [Fabio Armiliato] 飾演）的苦衷。占卡羅驚人的歌喉剛好被浴室門外的美國親家傑瑞（伍迪・艾倫）聽到，往年的歌劇製作人覺得只有自己聽實在太可惜，於是傑瑞把占卡羅介紹給聲樂界的朋友。但占卡羅在面試時，由於過於緊張無法正常發揮。傑瑞在舞臺上布置了一間浴室，這才為占卡羅解決了問題。這一罕見的場面讓人為占卡羅鬆了一口氣的同時，又覺得有些尷尬。或許這個場面剛好顛倒了那句「人生近看是悲劇，遠看就成了喜劇」的話。洗澡的時候變成演唱悲壯歌曲的歌劇歌手，從劇院三樓俯視下去，乍看像是一幕悲劇，離近一看就跟披著浴巾的瘋子沒什麼差了。

起初我把這個「浴室歌手」看作是伍迪·艾倫式的、對於業餘藝術家的嘲諷。因為很多業餘藝術家都這樣，他們有著非凡的實力。當周圍人開始慫恿他們「你簡直可以靠這種能力吃飯了。」當事者聽了，雖然會立刻暴跳否認，但當大家不停慫恿他時，心底便會萌生「試一次」的想法。接著，這些業餘藝術家便會假裝說「朋友瞞著我報了名」，然後去參加面試，跟著被淘汰。又或者是，面試通過了，但之後一直不走運沒能成功。也就是說，沒能一鳴驚人。這種情況下，面前便會出現兩條路，一條是振作起精神「返鄉」，另一條路是在舞臺上布置一間浴室。即，用自己的方式彌補缺陷存活下來。但以自己的方式彌補缺陷存活下來，終究不是一件簡單的事。稍有不慎，便會像浴室歌手那樣成為笑柄。伍迪·艾倫借助浴室歌手的小插曲不是在傳達「即便是業餘的藝術家，只要能克服自身的缺點就能成為專業人士」的訊息。剛好相反，能在斯卡拉歌劇院唱歌的人並不是只憑藉歌唱實力，他們必須在有實力的基礎上再增添些什麼。比如，我覺得至少要能拿出一些膽量來。

伍迪・艾倫在《百老匯上空子彈》中也嘲諷過業餘藝術家。為製作經費苦惱的劇作家大衛（約翰・庫薩克）找到黑幫老大乞討贊助費。黑幫老大尼克（喬・維塔瑞利）以要讓自己的情婦奧莉芙（珍妮佛・提莉）出演為條件，答應了大衛的請求。但陪在奧莉芙身邊的保鏢切奇（查茲・帕明泰瑞），這個長得跟熊一樣的男人總是惹起事端。他總是對劇本和演員的演技說三道四，凡事都要參與其中，最後他還乾脆寫起了劇本。但問題是，他寫的劇本還不錯，劇作家大衛最後淪落到要抄寫黑幫切奇說的話。業餘的藝術家切奇過於沉醉在戲中，因此無法原諒演技爛的奧莉芙毀掉自己的「作品」，最終他殺了老大的情婦。

《愛上羅馬》的殯葬業職員和《百老匯上空子彈》的保鏢（除了都有義大利血統以外）有很多相似之處。這兩個業餘的藝術家都有著驚人的實力，他們自己卻沒有察覺到這一點，周圍的人也不知道。忽然有一天機會找上門了，他們驚人的歌喉和寫作能力被發現了。但他們沒有就此打住，而是更往前邁出了一步。殯葬業職員在舞臺上一邊洗澡，一邊唱歌；保鏢太沉迷於自己的作品斗膽殺害老闆的情婦。殯葬業職員丟失了長期保持的體面，保鏢就此走上了不歸路。

浴室歌手的小插曲，就只是單純的出於對業餘藝術家的嘲諷嗎？換句話說，專業藝術家真的沒有浴室歌手的一面嗎？怎麼會沒有？一個作家反覆、持續觀察一個主題的時候。即，一個作家無法擺脫某種特定的敘述方式時，那個主題或者敘述方式就成了他的浴室。對於一輩子只畫水珠的畫家來講，水珠也許就是他的浴室。對於沒有美女和殺人事件登場，就無法創作小說的作者來講，美女和殺人事件就是他的浴室。如果是這樣，那些可以用不同的方式創作出各種各樣故事的作家，就比只依賴浴室的小說家更優秀嗎？不見得如此，說不定那個作家「以不同的方式創作出各種各樣故事」的方式就是他的浴室。假如他所在的文壇只對終身研究一個主題的作家給予高度的評價，並且認為這才是「專業藝術家」應具備的條件的話呢？那或許會出現這樣的一問一答。

「對不起。我不是那種可以長期鑽研一個主題的人，但我很有信心可以寫出很多不同的故事。」

「您的作品沒有獲選，對此我們深表遺憾。作家應該懂得專心挖一口井。用不同的方式創作多元的故事，那都是業餘作家的特徵。」

很多藝術家會去努力不洗澡也能唱好歌，問題就此解決。也就是說，他們讓自己去適應藝術界的現實。但相反的，有些人會按照自己的喜好改變「舞臺的條件」。在古典歌劇舞臺上布置浴室，讓主人翁一邊洗澡，一邊唱歌。伍迪・艾倫做到了，白南准[10]也做到了，他們將自己擅長的、藝術界尚未允許的東西原原本本的融入了藝術。然後堅稱那是「現代的」，堅持很長一段時間後，開始出現相信他們的人了。頭腦清醒的同行也開始相信原本不相信的主張，於是那些最初不相信的人也改變了方向。最後，大家開始覺得如果舞臺上沒有浴室看起來會很奇怪……是的，那些事就這樣發生了。

10 白南准，1932～2006，韓裔美籍藝術家。

再來看看電影史，與浴室一起登場的人也是數不勝數。代表人物就是尚盧・高達。影評人出身的高達對電影技術方面的知識一無所知，儘管如此他還是拍出了電影。簡單來講就是亂拍一番（這麼看，處女作《斷了氣》從題目和形式都很符合亂拍）。他的拍攝毫無章法可言，肆無忌憚的跳躍和省略。但高達卻堅稱那是「新」電影，並且批判說「你們熟悉的電影已經老了」。他的戰略奏效了，隨即出現追隨他拍攝電影的人，而那種趨勢也被稱為新潮流派。轉眼間，所有的舞臺上都布置了浴室。那之後的一段時間，洗澡時能唱出多動聽的歌，便成為新美學的標準。

是該為了適應世界而改變自己？還是按照自己的喜好去改變世界呢？這也許是所有藝術家正在苦惱的事。

真心未必能以真心相傳

在經歷過一件令人震撼的事情之後，要把這件事講給根本不認識的人聽，絕非是件容易的事。比如，馬可．波羅走過阿拉伯國家和中國等地以後，口述了《馬可．波羅遊記》，但還是有很多人不相信他。至今為止還是有很多學者認為《馬可．波羅遊記》是他把從水手那裡聽來的故事東拼西湊加工而成的。或許，那是事實也說不定。

古希臘的吟遊詩人荷馬，以當代最大的事件特洛伊戰爭作為素材，創作了史詩《伊里亞德》。由於這本書大受好評，於是出現了所謂的續篇《奧德賽》。用現在的說法是，這本書成了《伊里亞德》的副產品。主人翁奧德修斯足智多謀，他以一輛木馬在漫長的特洛伊戰爭中獲得了勝利。他在作戰方面不如阿喀琉斯，在權勢方面又無法超越阿加曼農。但儘管如此，「讀者」還是鍾愛奧德修斯。荷馬與同時代講故事的人，把這位機智勇猛的英雄千辛萬苦歸鄉後的故事寫了出來。雖然有很多版本，但目前為止受到廣泛閱讀的還是荷馬的版本。

我和大多數人一樣，最初閱讀的《奧德賽》是為兒童出版的刪節版。在那本並非史詩，而是以小說風格改編的《奧德賽》裡，也描寫了迷惑水手的女妖賽蓮，和可以徒手舉起岩石的獨眼巨人庫克洛普斯。但不久前，當我在看《奧德賽》完整的譯本時，不知為之震驚了多少次。這本完整版與我小時候讀過的刪節版，講的完全是不同的故事。

與多數人所預料的不同，史詩版《奧德賽》的開場，並不是戰爭結束以後奧德修斯從特洛伊歸鄉，而是以雅典娜的抗議拉開了序幕，雅典娜抗議道：「英雄奧德修斯遭到波塞頓的厭惡，一直漂流在大海之上，難道這個問題只能放著不管嗎？」雅典娜趁厭惡奧德修斯的波塞頓不在，獲得眾神的默許後展開行動，她找到奧德修斯的模範兒子鐵拉馬庫斯，督促他要想讓父親回家就必須先採取行動。鐵拉馬庫斯不顧母親潘妮洛普那些求婚者的妨礙，借了艘船出海了。所以故事開頭去航海的主人翁並不是奧德修斯，而是他的兒子。那麼，我們的主人翁奧德修斯到底身在何處呢？荷馬並沒有輕易為讀者解開這個核心懸念，而是過了很長一段時間後才讓讀者知道他的下落。原來奧德修斯被卡呂普索軟禁在一座孤島上。此時已不再眷戀家鄉的奧德修斯在荷米斯和雅典娜的幫助下，歷經千辛萬苦抵達了菲埃克斯人的國土。

此處，史詩中最有趣的部分登場了。宴會上，收到邀請的奧德修斯親眼目睹一位知名的吟遊詩人唱出了自己的故事。奧德修斯像是很早以前便認識了這位雙目失明的吟遊詩人一樣（說不定這位詩人就是荷馬本人）。為什麼這樣講呢？因為奧德修斯向在座的人介紹這位吟遊詩人時（尚未揭曉事實），這樣說道：

「吟遊詩人！……在所有人裡，我尤為愛你。因為你把亞該亞人的不幸和遭遇，以及他們所受的勞苦如實的唱了出來，彷彿你就在他們當中，亦或者是你從他們那裡聽來的一樣。」（荷馬，《奧德賽》，千丙熙，樹林出版社，二〇〇六）

跟著奧德修斯「點了首歌」，內容正是關於自己策劃攻下特洛伊城時，扮演決定性角色的木馬的故事。吟遊詩人隨即應和唱起了特洛伊木馬的小插曲，當事者奧德修斯一聽忍不住哭了出來。菲埃克斯的國王阿爾基諾斯看到此情此景，便知道故事的主人翁就是奧德修斯。

從這裡開始，奧德修斯接過吟遊詩人的「麥克風」，訴說起自己的受苦經歷。也就是說，之前故事的作者是吟遊詩人的話，那從這一刻開始便是奧德修斯本人了。這是多麼有趣的敘述方式啊，主人翁在「上演」自己故事的現場，突然登場親口講起了經歷的一切。我們所熟悉的那些故事，比如，賽蓮和獨眼巨人庫克洛普斯都在故事裡了。如果有編輯想出版刪節版的《奧德賽》是可以拿掉這些內容，但荷馬卻沒有這樣做。

奧德修斯親口訴說的那些故事，是當代讀者難以相信的，但荷馬通過一系列巧妙的布局，非常流暢且熟練的向疑心重重的讀者講述了這些難以置信、充滿魅力的驚險故事。故事開始的眾神會議，讓奧德修斯在大海上漂流的冒險故事成了既定事實。奧德修斯親口講述的神祕受苦經歷，如實的成了「故事中的故事」，這樣一來就變得沒有必要去計較其真實性了。這不正凸顯了構想出特洛伊木馬的奧德修斯其「機智多謀」和「善於應變」嗎？就算那些故事是編造的也好，就算都不是事實也無所謂了。也許有讀者覺得，說不定奧德修斯在返鄉的路上經過某個小島，與島上的女人結婚生子過起了日子，多年後突然回來編造出這些精彩的過去。有意思的是，藉由奧德修斯親口訴說這些神奇的傳說所帶來的幻想性，讓開頭登場的雅典娜、宙斯、鐵拉馬庫斯和潘妮洛普成了不可動搖的歷史事實。荷馬就像二十世紀的後現代小說家一樣，如實的排列故事順序，讓故事充滿了多種解讀，並且確保能吸引人繼續讀下去。

再說回馬可．波羅的《馬可．波羅遊記》，就算有人一直主張書中收錄的所有故事都是事實，但其真偽長期以來還是不斷遭到人們的懷疑。與之相比，《奧德賽》的文本所具有的奇妙逼真性和說服力，則更讓人為之震驚。

李安導演的電影《少年Pi的奇幻漂流》採用了與《奧德賽》相似的構造。主人翁在航海途中經歷了苦難、神奇的冒險，日後他把這些故事講給來找自己的小說家。（他們在見面以前就互相認識了！）因風浪失去雙親，與老虎逃到救生艇橫越大洋，中途在滿是狐獴的食人島上逗留。作者為了向我們講述這種難以令人置信的故事，選用了兩千八百多年前荷馬的詭計。這是明智的選擇，這部分也用在了李安導演改編的過程中。

很多人覺得如果自己用「真心」把親身經歷的事告訴對方，對方便會信以為真。荷馬早在兩千八百年前，就看穿了這種自以為是是毫無意義的。很遺憾的是，真心未必能以真心相傳。真心也需要「巧妙設計的迂迴手段」，才能以最具說服力的方式傳達。這也是至今為止世上還需要故事和作家的理由。

最難扮演的角色

「你們假扮過別人嗎？」

幾年前，我問過朋友和他的妻子這個問題。

「這是什麼意思？」

朋友的妻子反問道。

「就是隱瞞自己的真實身分，假裝成其他人。不管是在現實生活中，還是在網路。」

「沒有。」

她果斷地搖了搖頭。真的嗎？我不能完全相信她的立即否認，真的有人從不隱瞞自己的真實身分嗎？人們真的會在機場的入境卡上，或是註冊網站的申請欄裡填寫真實的職業嗎？會有人在雞尾酒會上從不裝模作樣？我們多少都會說一些關於自己的謊言，有時甚至還會說很嚴重的謊言。明明結了婚，卻謊稱自己是未婚；明明是非正式職員，卻裝作是正式職員；故意隱瞞自己的畢業學校，誘導對方誤會。幾年前鬧得沸沸揚揚的申貞娥事件[11]，就是當事人過於極端包裝自己導致的，她甚至真的相信自己拿到了耶魯大學的博士學位。「雖然我沒去過耶魯大學所在的紐黑文，但我很肯定我拿到了學位。」一連當事人自己都沒意識到這句話有多矛盾，由此可見她深陷在自己的假身分裡已經無法自拔了。

某經濟系的教授上了計程車，道出某所大學的地址後，司機便會問他是不是教授。如果回答是教授的話，接下來又會問他是哪個系的教授。若他說自己是經濟系的教授，那直到下車以前就要一直聽司機講關於經濟的課了。經濟系的教授覺得這太過痛苦，於是把專業換成了物理系。他的這種策略直到遇到對北韓核武非常感興趣的司機以前，一

11 申貞娥事件又稱申貞娥偽造學歷事件。二〇〇七年，當時三十五歲的申正娥，是韓國東國大學的教授，並當選二〇〇八年光州雙年展（此展為東亞的大規模藝術盛宴之一）導演，成為該展示會歷史上最年輕的導演，是韓國美術界公認的年輕領頭人，但隨後有人揭發她的學歷為偽造，引起了韓國藝術界的軒然大波。

直都很有效。

「物理學……那您是核物理學家嗎？」

「不，不是。我是理論物理學家。」司機完全不理會教授的回答，就此針對北核的危險性展開了一場演說。那天之後，教授又把專業換成了天體物理學。記者為了採訪會隱瞞自己的身分，作家也會因為擔心講出真實的職業而帶來負面的影響，因此會準備一些可以「取而代之」的職業。

十幾年前，三個剛剛登上文壇的二十幾歲女作家在網路上認識了三個男生，他們很快便約在酒吧見面。女作家在網上聊天時，為了好玩偽裝自己的職業是電話推銷員。在酒吧相遇的三個上班族和三個冒牌的電話推銷員玩得很是開心，酒興上來後，一個女作家坦露了自己的真實身分。「其實，我們都是作家。」男生都不相信。「那你們在網上查查吧，我沒有騙人。」其中一個男生搜索後，最終確認面前的三個女生都是作家。緊接著，三個男生怒氣沖沖的離開了。她們講完這件事後，問我說：

「那幾個男生是氣我們說謊呢？還是氣我們是作家？再不然是因為我們不是電話推銷員而生氣嗎？」

但我好奇的卻是另一件事。

「妳們假裝成電話推銷員有意思嗎？」

三個人露出耐人尋味的微笑，點了點頭。那瞬間，她們彷彿成了剛剛成功謝幕的戲劇演員。

《凱撒必須死：舞臺重生》中的演員全部都是重刑犯，在電影裡他們表演莎士比亞的名劇《凱撒大帝》。讓這些因殺人或集團犯罪入獄的囚犯表演布魯圖斯暗殺凱撒，從設定就很讓人感興趣。雖然背景是在元老院，但暗殺凱撒是無可爭辯的殺人，也是集團犯罪。他們策劃暗殺極有大眾威望的獨裁者凱撒，並將計畫付諸行動。眾所周知，《凱撒大帝》是英國人莎士比亞在中世紀末用英語創作的悲劇，然後用現代義大利語重新翻譯後搬上舞臺的。但劇中的囚犯卻爭吵道：「這怎麼能說成是拿坡里的方言呢？」背景是古代羅馬，原著作者是莎士比亞，舞臺則回到了現代羅馬的監獄裡。雖然電影乍看是一部記錄囚犯表演舞臺劇過程的紀錄片，但實際上它更接近一部偽紀錄片。也就是說，這些囚犯扮演著「在監獄裡準備《凱撒大帝》舞臺劇的囚犯」。有意思的是，這些囚犯在劇中表演《凱撒大帝》時都很有模有樣，但演起自己的日常生活時反而變得很不自然。比如，練習完表演回到各自的牢房後，要說臺詞：「接觸藝術以後，這小房間便成了監獄。」這可比表演布魯圖斯、凱撒或是安東尼更不自然了。囚犯要表演出因「過於沉浸於劇中的角色」和「難以區分戲劇與現實」而互相爭吵和意見分歧，但這種場面也同樣很不自然。他們可以將凱撒和布魯圖斯詮釋得很好，但卻無法表演自己所扮演的角色。

看完《凱撒必須死：舞臺重生》走出影院，我想起了很久以前與一個戲劇演員的對話。他這樣說道：

「我沒見過討厭演戲的人。看戲或許會覺得無聊，但從沒有人覺得表演無聊。不管是軍人還是學生，哪怕是精神醫院的病人，如果讓他們表演，肯定會馬上投入戲裡的。」

「每個人都有另一個演戲的自己嗎？」

聽了我的問題，朋友搖搖頭。

「對人類而言，不存在另一個演戲的自己，演戲就是人類的本性。小時後玩扮家家酒，根本沒有人教，但大家都扮演起媽媽、爸爸、醫生和護士。人類原本就具備傑出的表演本性，是我們在長大的過程中刻意去壓抑它的。我們壓抑著想成為別人的慾望，想扮演別人角色的慾望，進而變得社會化。表演喚醒了人們內心隱藏已久的慾望，和刻意壓抑的演戲本性，所以大家表演起來才會那麼興奮。」

針對為什麼在《凱撒必須死：舞臺重生》中，囚犯可以恬然詮釋《凱撒大帝》的角色，扮演著電影中的自己卻極為不自然，朋友的這番話給了我很有趣的提示。我們最難扮演的角色，正是我們自己。為什麼呢？因為我們的各種樣子在不斷的變化，因此我們永遠找不到答案。再有，我們最難去詮釋的場面，正是我們的日常生活。

喬伊斯・卡洛・奧茲（Joyce Carol Oates）在以瑪麗蓮・夢露為原型人物創作的《金

髮女郎》中，讓我們看到了瑪麗蓮．夢露因為與喬．迪馬喬永無止境的婚姻生活而感到痛苦。「爸爸，我好害怕。為什麼跟電影之外的真實人物在一起的場面，會『永無止境』的拍下去呢？……要想停下來，我該怎麼辦？」

日常生活中，沒有人會為我們喊「卡」。因此有時人生永無止境的會讓人感到厭煩，這時要是能有人喊聲「卡，再來一次」，那該有多好。

二次元與三次元

作家都喜歡《安娜・卡列尼娜》，過去是這樣的，近來似乎變得更受歡迎了。二〇〇七年，據《紐約時報》報導，評論家J・費德・珍（J・Feder Jane）邀請諾曼・梅勒（Norman Mailer）、史蒂芬・金和強納森・法蘭岑等英美圈的知名作家，選出他們最喜愛的十部作品。統計顯示，第一名是《安娜・卡列尼娜》，第二名是《包法利夫人》，《蘿莉塔》位居第四，第三名自然是列夫・托爾斯泰的《戰爭與和平》。由此可見，俄羅斯文學占據著強勢，領先在前頭的絕對是托爾斯泰。

最近文學村出版的世界文學全集系列是從《安娜・卡列尼娜》開始的。相反，九〇年代民音社開始發行的世界文學全集，則是從奧維德的《變形記》，即希臘羅馬神話開始的。八〇年代學園社發行的全集第一本，則是莎士比亞的戲劇集。

二〇〇九年十月，奧罕・帕慕克在哈佛大學開辦了諾頓講座。T・S・艾略特、豪爾赫・路易斯・波赫士以及安伯托・艾可等前輩也都開辦過這個講座。帕慕克以《安娜・卡列尼娜》中的火車場景作為第一堂課的開始。哪一個火車場面？安娜在莫斯科火車站第一次邂逅佛倫斯基？不然是她跳下月臺的場面？有趣的是，帕慕克選擇的是安娜結識佛倫斯基後，返回丈夫與兒子所在的聖彼得堡的場面。安娜坐在客廳裡想要集中注意力看小說，但她卻做不到。因為她在莫斯科經歷的「現實」在妨礙她。也就是說，安娜被佛倫斯基這個「實際」人物吸引住了。

「安娜・阿爾卡季耶夫娜讀書，也理解了書中的內容。但閱讀著書中他人的生活，讓安娜感到很不開心。因為她不管什麼事，都想親自去體驗。」（《安娜・卡列尼娜一》，文學村，二〇一〇）帕慕克引用這段文字，指出閱讀小說等於是跟隨著主人翁的視線走進風景，他更進一步的闡述道，小說是「心理上三次元」的世界。帕慕克的這種說法，讓我聯想到了保羅・奧斯特與安妮特・因斯多夫（Annette Insdorf）在訪談中把電影和小說分別比喻成二次元與三次元。「我雖然喜歡電影，但電影這種媒體本身存在問題。」奧斯特的這句話挑釁了哥倫比亞大學電影系主任的採訪。電影有什麼問題？奧斯特回答說：「不管怎麼說，電影都是二次元。」

「人們以為電影就是『現實』，但並不是這樣。電影是投影在牆上的平凡畫面，是現實的幻影，並不是實際存在的東西。如果是這樣，那這就成了概念的問題。電影一開始，我們幾乎都處於被動的觀看，但在電影快要結束時，我們會徹底沉浸在故事裡。兩個小時的時間，我們受到迷惑，被障眼法欺騙，覺得很開心。可走出劇院以後，我們就都忘了之前看了什麼。但小說可不一樣。閱讀的時候，為了想要知道一個詞在講什麼，我們必須主動去參與。只有努力參與其中，才能動員想像力。然後等到充滿想像力時，我們會覺得書中的世界與自己的人生很相似，最後走進故事裡。在故事裡，我們聞氣味和觸摸物品，產生複雜的思考和洞察力後，這時才發現自己進入了三次元的世界。」（保羅・奧斯特，《煙 & 面有憂色》[Smoke & Blue in the face]，開書出版社，二〇〇一）

安娜希望與佛倫斯基停留在「現實」中，「不管什麼事都想親身體驗」的她猶豫著要不要沉浸在小說裡。安娜早就知道閱讀小說是怎麼一回事。追隨小說主人翁的視線去看世界，那個世界不是我們「現在」生活的「這裡」，而是另一個世界。導演喬・萊特（Joe Wright）在電影《安娜・卡列尼娜》（二〇一二）中也沒有錯過這個場景，火車的噪音就像打擊樂器的節拍，又或者是有規律的心跳，而在這噪音裡我們看到了無法投入閱讀的安娜，交叉的鏡頭巧妙的表達出墜入愛河的複雜心情。托爾斯泰彷彿在這裡為日後的導演詳細地寫出了下達指示的內容。

「片刻過後，火車開了，那噪音奪走了安娜的心。接下來，是敲打在左側窗戶和堆積在窗框上的雪花。經過的車長，以及聊到外面風雪漫天的乘客，這一切都令安娜思緒紛亂。但接下來卻是接連不斷的相同場景。像是被什麼敲打著的火車震動，窗外不停下著的雪，忽冷忽熱的蒸氣急遽的變動，黑暗中晃動的相同臉孔，還有相同的聲音。」

儘管存在這些妨礙，但安娜還是翻開了小說，最終讓自己沉浸在裡面。「讀到小說的女主角看護病人的部分時，我也會想要走進病房。」那瞬間的安娜正如奧斯特所說的那樣，走進了三次元的世界。想要對佛倫斯基示愛的安娜的慾望，雖然正在朝著「不管什麼事都想親身體驗」的方向轉變，但安娜自己卻沒有察覺。「已婚女子安娜的現實」與「所謂佛倫斯基誘惑的對象」，「火車的噪音」與「小說的內容」都被巧妙的置換了。安娜同時接受了小說的內容和自己所經歷的現實。帕慕克說過「做夢的時候，我覺得那個夢是真的。因為那就是夢。我們讀小說的時候也覺得那是真的，但腦子的一個角落也很清楚那並不是真的。這種矛盾正是出自小說的本質。小說藝術是矛盾的，但我們有能力同時接受和相信它。」（奧罕．帕慕克，《小說和小說家》，民音社，二〇一二）

去看喬．萊特導演的《安娜．卡列尼娜》的那天，中型戲院「電影的殿堂」坐了一半的觀眾。播放電影期間，有很多人不停的看手機、沒完沒了的傳簡訊。坐在我旁邊的人甚至還發出沙沙作響的聲音拿出東西吃。在這種情況下，我看電影的心情與安娜返回聖彼德堡的心情似乎既相似又不同。她拒絕讓自己沉浸於小說，但不知不覺卻被吸引了。

抄襲未來的電影

這裡是晉州一家旅館的客房。整個城市正在舉辦電影節，導演、演員、製作方和其他與電影有關的人都聚集於此。這種場合幾乎不會受到官方邀請，所以像我這樣的文人都是以觀眾的身分前來。但今年晉州與我的緣分可不淺。

似乎是在年初，負責編排新節目的李尚龍打來電話，問我願不願意參加晉州國際電影節上一個名為《秀！秀！秀！2013》的節目。說白一點，他是想問我是否願意提供原著短篇小說。因為不是商業的長篇電影，所以我也沒多問便同意了。之後沒過多久，便選定了三名導演，跟著他們各自選出三篇我的小說。我問李尚龍，他們都是怎樣的導演，雖然回答裡出現了「兄弟的導演」、「八月的星期一」、「才能」和「備受矚目」等詞彙，但最後卻都被「我媽是妓女」和「我爸是狗」這些字眼給蓋過了。

「等一下。你說導演的上一部作品叫《我媽是妓女》？」

編排節目的李尚龍察覺到不妙，極力維護起李尚宇導演。我只是出於好奇，要多厲害的電影才能承受得起「我媽是妓女」這種標題呢？

「《我媽是妓女》的導演選了哪部作品？」

「〈非常口〉。」

該來的，果然還是來了。這讓我回想起很久以前第一次發表〈非常口〉時的心情，那感覺有點像準備玩一個令人提心吊膽又很危險的遊戲一樣。

如果我沒記錯的話，〈非常口〉是在一九九七年夏天完成的小說。這不是受人委託而寫的小說。那段時間，我經常去新村喝酒，街頭可以看到很多拉客的人。有一天晚上，目睹這些人後，回到家提筆想寫點什麼，沒想到一發不可收拾，一口氣寫完了。但隔天再拿來看，覺得「這是無論如何也發表不了的小說。」就連我的首席讀者——我的妻子，也沒有拿給她看。這篇小說印出來後，直接放進了抽屜裡，大概在裡面長眠了一年。

為什麼我會覺得這篇小說不能發表呢？首先，這篇小說不太符合當時的韓國文學氣氛。小說開頭，專司拉客的年輕人就撲上來要剃掉女友的陰毛。無憂無慮、就像沒有明天一樣過日子的女友；晚上在街頭油嘴滑舌哄騙路人、稍有不滿就偷他人錢包的主角友人。這些人的文化程度與當時主流小說裡的人物不同，應該說是「著裝禮節」的不同吧？所以我怎麼看，這篇小說都無法刊登在嚴肅認真的文藝雜誌上。現在想來雖然有些奇怪，但我覺得當時挫敗的知識份子、對婚姻生活不滿的人，或是年齡不上不下的女性都與這篇小說裡的人物大相徑庭。他們不是知識份子，就是（有覺悟的）勞動者，但〈非常口〉的主人翁卻無法歸類，他們甚至連「幫派」的小混混也不是。

那之後過了很久，當我面臨一個季度要「交貨」三篇短篇小說，走到窮途末路的困境時，這篇小說才得以重見天日。在截稿日臨近前，只寫出兩個短篇的我沒辦法，只好翻抽屜找出那些「失敗作品」。因為事態緊急，時隔一段時間重讀的〈非常口〉沒有我想像中那麼危險了。我甚至覺得發表在文藝雜誌上也不會有什麼問題。

在晉州遇到的記者問起《秀！秀！秀！2013》時，提到最多的問題是，身為〈非常口〉的原著作者，我有什麼感受？事實上，我寫完那篇小說的初稿，就把它放在抽屜裡將近一年，如果不是發表後出版成作品集，我幾乎不會翻出來再看的。

「我的感受？怎麼說呢，這有點像早已忘了很久以前自己做過違法的事情，然後有人拍下來，還寄給我。」

看過電影的記者向我投來理解的目光，大家都笑了。在來晉州以前，我還懷揣著極其不現實的希望，希望那個拍攝《我媽是妓女》的導演可以把短篇〈非常口〉危險的部分象徵性的一筆帶過。但導演卻把那些我希望用象徵性手法處理掉的部分，全部非常寫實的表達出來了。就算不是這樣，原著作者觀看自己小說改編的電影就很不自在了，更何況是〈非常口〉呢。原著作者觀看電影會覺得痛苦，是因為他是唯一可以修改（修改過，或是可能正在修改）原著的人。十幾年前寫的小說拍成了電影，在觀看電影的過程中我自責著「還能寫得更好」、「那句話應該拿掉才對」。

「我要是知道拍攝《我媽是妓女》、《我爸是狗》的導演十幾年後會來拍〈非常口〉的話，也許就不會寫得那麼赤裸了。」

我話音剛落，在場的電影工作人員異口同聲的說：

「李尚宇導演的電影，這次的作品算是口味最輕的，也是最好的。」

在波赫士的某部短篇小說裡可以看到，老作家波赫士走在海邊散步時，遇到了某個年輕人，他們坐在長椅上聊天。過了好半天，他才發現那個年輕人就是年輕時的自己，但最初他完全沒有意識到這一點。老作家走在路上遇到了年輕時的自己，並跟他坐在長椅上聊天，這種事在現實生活中是絕對不可能發生的。但原著作者多年前寫的作品活生生像犯案證據一樣再次出現在眼前，是絕對有可能的事情。這種經驗既教人不舒服又印象深刻。不光是〈非常口〉，還有〈避雷針〉和〈最後的客人〉都是我從前寫的故事，這就像走在路上遇到年輕時的自己一樣。

在晉州，我和李尚宇導演只喝過一次酒，那是在《秀！秀！秀！2013》的導演、演員和工作人員的聚會上。他突然抱住我，在我臉頰親了一口，還宣稱以後就叫我大哥。就這樣，我突然成了他的哥哥。我和這個「可怕的弟弟」暢飲了很多杯，回到旅館後，我腦子裡浮現出法國哲學家皮耶・巴亞德（Pierre Bayard）提過的「預想抄襲」概念。所謂抄襲，是指事後發生的行為。但巴亞德卻一本正經的指出也存在相反的情況，也就是說提早抄襲寫在未來的故事。這雖然很像法國哲學家開的玩笑話，但卻也存在著一分事實。先寫出來，並不代表有必要以主人自居；先寫出來的故事，也沒有必要把全部責任都攬在自己身上，原著作者站在預想抄襲的觀點去看電影的話，也會輕鬆很多。所以只要這樣想就可以了，一九九七年的金英夏「預想抄襲」了二〇一三年晉州國際電影節上映的三部電影，提早發表了三篇短篇小說。

罪與人，該憎惡哪一邊呢？

這是去年四月發生的事。一位在南方某大學任教的前輩邀我去學校演講，我心想可以跟他見上一面，於是欣然答應了。演講結束後，我跟學校的工作人員一起去吃晚飯，做夢也沒想到在他們當中會遇到那個人。見到那個人，我很高興，雖然他胖了不少，但模樣還跟過去一個樣。

我們初次見面，確切說來應該是在二十年前華城的某個部隊。當時，我在師團憲兵隊的搜查課，他是我的後任。那個師團以案件多著名，因為管轄區域廣，包括了水原、華城、安養、果川、平澤、烏山和松炭，因此比起我們所在的部隊，其他部隊放假出來的士兵闖下的禍，更是多到數不勝數。案件的種類也是各式各樣，大到盜竊、強姦、打群架或逃離部隊，小到汽車追尾。因為案件數量多，所以搜查課課員之間的配合才顯得尤為重要。如果調查進展的速度慢了，搜查課課長便會扯著嗓門喊上一整天。被檢察官叫去訓斥一頓的課員，也會沙沙地撕著意見書，發洩脾氣。在這種情況下，像陸軍本部那樣的一線部隊，還會突然打來電話詢問過去調查過的案件，要是我們不問清楚來龍去脈親切回答的話，課長還會大發雷霆說我們擅自洩露機密。所以大家必須打起十二萬分的精神來做事，如果不互相幫助就會立刻出現問題。原本要處理的案件就很多，所以我幾乎沒有參加過射擊、游擊和跆拳道這些戶外訓練。氣勢強大的憲兵隊說不放人出去，我就可以不出去。當兵期間，我沒能正經八百的參加戶外訓練，只能過端坐著敲打嫌犯審訊紀錄和意見書的日子。後任的處境也跟我差不多，我們就像乒乓球雙人組一樣，以耀眼的速度輪番敲打著四套式手動打字機、雙套式自動打字機和剛剛引進的二八六電腦QWERTY 鍵盤。我們互相幫忙快速完成文件，然後在法定時限內移交給檢察單位。

酒喝得差不多的時候，他開口說道：

「對了。你剛退伍沒多久，憲兵隊就發生了一件翻天覆地的事。」

新上任的憲兵隊隊長，突襲檢查關在禁閉室裡士兵的隨身物品，發現了不少香菸。這都是守在禁閉室的憲兵幹的，幾乎沒有人不牽扯其中。新上任的憲兵隊隊長聲稱要依法處理，於是把所有士兵都關進了禁閉室。但問題是，搜查課的人也都被關了進去。這樣一來，就沒人負責寫審訊紀錄了。沒辦法，憲兵隊隊長只好把搜查課的幹部，也就是我的後任放了出來。

「你要是沒退伍也會被關進去的，大家都說你運氣好呢。」

託這個碰巧遇到的後任的福，讓我鮮明的回想起二十年前的禁閉室，以及在那裡發生的事。鋪在禁閉室的塑膠地板、堅固的鐵窗、盤腿坐在地上看書不肯睡覺的犯人，還有那些因為拒絕持槍，入伍第一天就直接關進禁閉室、一臉善良平和的耶和華信徒們。

我之所以能與這些人產生密切的關係，是因為一個契機。有一天，憲兵隊隊長找我，說是想把犯人的休養錄（犯人的日記）編輯成書。我平時因為搜查課的工作繁忙，幾乎沒有去過禁閉室。但因為這件事，我開始頻繁出入禁閉室接觸到那些犯人。當時的禁閉室裡關押著一個二等兵，他持刀殺害霸凌自己的高中學長，還有一個下士，逃離部隊期間犯下數十起盜竊、搶劫和強姦案。根據警察的紀錄，該下士入室盜竊時見到女人就強姦，哪怕公公在場也不罷手。犯罪性質極其惡劣。

關在禁閉室裡的犯人都要寫休養錄，但這些政治犯以外的犯人文筆都一樣差。對他們而言，休養錄就跟高中時經常寫的檢討書一樣，不過是令人膩煩的任務罷了。但這兩個一審各判處死刑和無期徒刑的重刑犯卻不一樣。只有高中學歷的他們，當時才不到二十歲和二十二歲，雖然韓文拼寫一塌糊塗，但當眼前真正遇到生死攸關的問題時，還是能從他們的字裡行間裡感受到那份沉重。

首先受審的下士，在一審判決時，被判處了無期徒刑，二審減刑判處了十五年徒刑。他的休養錄寫得很長，有時一天會寫十幾頁。這不是他逼不得已為了完成任務而寫的字，他透過寫字第一次面對了內心的自己。判處無期徒刑的當天，他寫了關於死亡的內容。減刑後判處十五年的當天，他平靜的描寫了三十七歲出獄後的自己。他在日記裡寫道：

「雖然那是很遙遠的事，但不要放棄希望，每天都要活得有意義。」看了他的文字，再望向他的眼睛，我怎麼也無法相信過去一年裡，他屢次翻牆入室做了那些壞事。他的眼神清澈，文體乾淨，口氣也很謙虛。有一次我問他，你後悔嗎？那雙清澈的眼睛望著我說：

「過去的事就跟昨夜的夢一樣，一點也不真實。」

他有一個女友，但在他以技術副士官入伍後，女友離開了他。離隊休假時，他到處去尋找拋棄自己的女友，所以錯過了返回部隊的時間。就這樣，他成了逃兵，流竄到水原。在水原的一家酒吧，他結識了一個跟自己同名的男人。男人帶著這個下士來到一戶住家門前，突然翻牆入室，下士只好站在外面等他出來。就這樣，他莫名其妙成了替男人把風的人。從那次開始，這兩個同名人便在一年裡犯下了那些罪行。

麥克・溫特伯頓（Michael Winterbottom）導演的《每一天》（*Everyday*）講述了因走私毒品而坐牢的男人，五年來與家人的生活。走私毒品這一罪行，沒有明確的受害者。

因為毒品是不允許銷售和購買的商品，所以問題的本質在買賣交易上。電影不斷地展示主人翁的監獄生活和與家人會面的場景，也許正因為這樣，所以才不覺得他是個壞人。觀眾只把他看做是一個跟家人分開，與殘暴的犯人住在一起的四個孩子的父親。如果主人翁犯下的罪行，比二十年前那個下士犯下的罪行性質還要惡劣的話，這部電影恐怕就要承擔更難的問題了。

二十年前的命運賦予了我特別的任務，我將那個眼神清澈、逃離部隊的士兵敘述的殘忍罪行，親手一五一十記錄之後，跟著聽到他親口說出關於那些事的感受：「那就像昨夜的夢一樣，一點也不真實。」後來我還編輯了他經由懺悔和反省寫下的日記。調查紀錄裡的犯人、回想時毫無責任感的主體和懺悔的羊羔，都是同一個人。

有句名言說：「憎惡罪，但不要憎惡人。」但經歷了那件事以後，讓我意識到，不要說是罪了，二者放在一起都很難去憎惡了，特別是當他們出現在我們面前的時候。

前方飛來的石頭

我算過命。那是大四的時候，已經是很久以前的事了。眼看還有一個學期就要畢業，我對自己的未來充滿了好奇。某女子大學門前開了很多家算命店，四柱、八字、姻緣和看相等等，可以說業界該有的項目都具備了。但從外觀上看，每家都沒有任何特別的地方。我推開一家破舊的「ㄈ」字型單層韓屋的大門走了進去，只見一個個頭矮小、胖乎乎的女生正在接待客人。這家店在當時剛有些名氣，據說那個通靈的年輕命理先生會選擇客人，如果客人不稱他的心就直接送客。我坐在女大生之間等了一個多小時，這才輪到了我。

這位以名山加上「公子」二字作為藝名的命理先生，看起來的確很與眾不同，長長的頭髮，編起來的辮子一直垂到腳下，五官立體，手指白皙細長，堪稱配得上這一稱號。

不知道為什麼，他對我似乎很感興趣。他問了我的四柱，然後寫在白紙上，又盯著那張紙看了良久。跟著他又盯著我的臉看了半天，然後在寫下四柱的白紙留白處揮筆寫下了無人能懂的漢字，最後他把紙鎮壓在白紙上。

「你想做什麼？」

他問了第一個問題。

「嗯，革命家？」

我也不知道自己哪裡來的調皮勁，但從公子接下來的行動看，我的回答似乎引起了他的興趣。公子把在外面接待客人的女生叫進來（據說那個女生是他的姊姊），告訴她暫時不要收客人了。跟著，他改變了坐姿。

「命運是前方飛來的石頭，宿命則是身後飛來的石子。但不等於說前方飛來的石頭就都能避開，只是會很辛苦。」

當時是一九八九年。八七年的六月抗爭帶來了總統直選制度，但實際上選出的卻是盧泰愚。在林秀卿和已故的文益煥牧師訪北事件[12]之後，盧泰愚政權面對全國大學生代表協議會的激烈統一戰爭，展開了軍事獨裁統治的「公安政局」。伴隨著柏林圍牆的倒塌，學生運動依靠的精神支柱，那些東歐地區的社會主義國家也都像多米諾骨牌一樣倒塌了。相反的，韓國的資本主義在八八奧運會之後開始歌頌起了繁榮。

「別看我整日坐在這裡，給那些來問自己能嫁給誰的女大生算命，但我也會看國運。」

道出「國運」二字時，公子的眼角稍稍向上揚了一下。

「未來這個國家會相當搖擺不定，但還不至於翻個底朝天。」

這是公子的斷言。

12 林秀卿，1968～，韓國早期學生運動家。她曾在一九八九年七月出席在平壤舉辦的第十三屆世界青年與學生聯歡會，並與當時的北韓領導人金日成會面，回國後隨即以叛亂罪判處五年監禁，一九九二年假釋出獄。文益煥，1918～1994，韓國基督教長老會牧師，社會運動家。一九八九年四月，文益煥訪問北韓後回國，以觸犯《國家安保法》遭到逮捕，於一九九〇年十月獲釋。

「你若仍舊夢想成為革命家，進出監獄會毀了你這一生，但你的四柱裡沒有那樣的浩劫。這就是我為什麼說，雖然面前飛來的石子可以避開，但會相當辛苦的意思了。」

公子看了看自己寫下的無法解讀的漢字，接著又說：

「你是樹，所以最好離水近一些。但你這棵樹正被岩石壓著，被岩石壓著的樹會怎樣呢？當然是很生氣了。現在你對世界充滿了怒氣，但等樹長高、岩石破碎就沒事了。所以說，等你有了一定年紀，就會變得溫柔、柔和了。」

樹和岩石的比喻聽起來還不錯，我總是會被帶有比喻和對比修辭的句子說服。

「那我能從事什麼職業呢？」

「你的四柱裡有兩個言字，你會靠講話和寫字為生，往這方面發展，未來四十年都是大運。」

我和公子天南地北的聊了快一個半小時。一個小時接四個客人的他，可以說對我施了大善心。從我個人的命運一直聊到所謂的國運，話題可謂多元。我突然覺得要是能有一個這樣的酒友就好了。聊天的時候，我問他選擇客人的理由。

「我從早到晚坐在這裡一動不動，看到面相差的客人進來，會有很大的精神壓力。不好的事情實話實說，我又開不了口，說謊打發人家走，我又覺得良心上過意不去，所以只好送客。有些話乾脆不要聽的好。」

門外的姊姊一直給我們使眼色，所以我們的對話只好到此為止。

時間流逝，公子的預言一個接一個的兌現了。翌年，我進了研究所，正式開始寫作。兩年後，我開始在雜誌寫稿賺錢，誤打誤撞的還發行了單行本。這樣掙來的錢不但夠我繳研究所的學費，還剩下了不少。研究所畢業後，服完兵役回來，我正式登上了文壇，還在母校的韓國語學堂教起了外國人韓語。之後，我還主持過電臺的廣播節目，去大學教過書，當過編劇。經歷了這些以後，我才正式成為職業小說家。可以說這都正中了公子說我會靠說話和寫字為生的預言。不知不覺間，我再也感受不到壓在身上的岩石了。我變成了一個柔和的人，不再為任何事動怒了。當然，國運也和他預測的差不多。

見過公子之後，差不多過了十年，不知道為什麼，我突然很想再見他一面。四處打聽了一下，期間他的運勢也發生了很大改變。原本開在快要拆毀的韓屋的算命店，搬到了地鐵站附近的大樓裡，預約也排滿了三年。某家公視的節目，拿著死人的四柱去了幾家算命店，但只有公子和另一個命理先生說：「你們為什麼拿死人的四柱開玩笑？」因為這件事，他突然出名了。

電影《觀相大師：滅王風暴》的主人翁金來景（宋康昊），就跟我在一九八九年遇到的那個公子一樣，是一個信心十足的人物。在鄉下頗有名氣的金來景一有機會便毫不顧忌的參與進「國運」的世界。與公子不同的是，金來景為了避開「面前飛來的石子」而努力奮鬥，但他的奮鬥也沒什麼幫助。從這種角度來看，《觀相大師》像是在傳達著「人類的命運絕對不可逆轉」的保守信息。但站在首陽大君（李政宰）和金宗瑞（白潤植）的角度來看，卻存在著有趣的差異。（暫且不提歷史性的事實，只看劇中的人物時）金宗瑞是相信觀相，也就是人的命運，但首陽大君屬於勇於改變命運的人。電影中的首陽大君看穿了預言所帶有的暗示性屬性，並且積極的利用了這一點。

在我穩固了作家的地位之後，講到這個長髮點地的通靈公子卜卦故事時，幾乎所有人都想去見他一面。但有一件事我沒對他們說，那就是在一九八九年，我周圍沒有一個人對我說過「你會靠講話和寫字為生」。只有那個公子是個例外，他平靜且充滿確信的像是在唸上天早已注定好的命運一樣，而我把他講的這番話看作是「面前飛來的石子」，不但沒有躲閃還直接被擊中了。

如果你不相信命運是上天注定的話，那就只能去相信一件事。那就是對我們而言，人生存在著需要某種可能性暗示的必要瞬間，而那種暗示不見得一定要出自命理先生，或是看相先生之口。

第四部

快時尚時代的書

二〇一一年秋天，優衣庫在紐約的名店街第五大道創辦旗艦店，可謂是一樁盛事。開始營業的幾個月前，張貼優衣庫廣告的公車便穿行在曼哈頓的大街小巷。不只時尚雜誌，各種媒體蜂擁而至報導，可以說是達到了頂峰。《紐約時報》更是捨得空出一個版面大肆宣傳，他們用簡單的一句話概括了優衣庫旗艦店的龐大規模。

「一百個試衣間。」

在優衣庫登場以前，第五大道就已經進入了快時尚的趨勢，H&M、ZARA 和 Urban Outfitters 等品牌早已並肩競爭。歐洲的名牌賣場就像遭到暴發戶排擠的貴族一樣畏縮在一旁。

我也有幾件優衣庫的短袖。穿優衣庫的短袖出門時，常常會被問兩個問題。紐約客多少存在著隨興、可愛的文化，他們會針對對方的穿著不假思索的提出問題。對話是這樣展開的，「我很喜歡你這件短袖。」一路聊下去，最後以這件短袖是什麼牌子、在哪裡買的作為收尾。當時，優衣庫只在曼哈頓的蘇活區有賣場。紐約客對這個第一次聽說的品牌出售的十美金短袖很感興趣，第五大道的旗艦店更是激起了他們的熱情。

以寫小說為生有幾件很幸運的事，其中一件就是沒必要穿昂貴的衣服。我整日待在家裡，幾乎不會去對服裝有嚴格要求的場合。而且對作家而言，需要的不是「穿」的感覺，而是「不穿」的感覺。不管是讀者，還是同僚作家，大家都不喜歡太講究服飾的作家。因為大家覺得作家是歸屬於精神世界裡的人，應該與所謂「膚淺的」時尚世界保持距離。

曾經有段時間，優衣庫是我最常光顧的品牌，ZARA和H&M也經常去。在這些品牌的賣場裡「散步」是很特別的體驗，因為每週都會有不斷湧現的新品。雖然衣服的質感不怎麼樣，但色彩華麗，而且價格便宜，所以可以毫無負擔的展現出大膽的設計。受歡迎的衣服瞬間就會售罄，跟著又會立刻補上新的衣服。沒有人在乎已經售罄的衣服，在快時尚的世界裡只存在著當下。

從某種層面看，大型書店也很像快時尚。書的封面日漸華麗，雖然每天會有一百多種的書出版，但大部分的書沒過多久就從書櫃撤下來了。小規模的社區書店可以陳列的書種，自然敵不過大型書店，因此消費者比起去逛只有一百種圖書的小型書店，更喜歡去擁有十萬種圖書的大型書店。這些填滿大型書店的各種各樣圖書，很多都是少量印刷。上千家的出版社初版只印刷兩三千本，如果反應不好就再也不印了。只有極少數的書運氣好成了暢銷書，獲得了大量印刷的機會。

像是美國最大的連鎖書店邦諾（Barnes& Noble），什麼書應該擺在什麼地方都會由總部的電腦人工智慧來決定。每天電腦會在第一時間統計出銷售量和讀者的反應，通過分析決定什麼書應該擺在正中間的櫃檯。電腦才不依賴變化無常的人去做決定。書店員工的角色因此從介紹書給客人，淪為聽從電腦指示陳列圖書的人。圖書的流通時間也變短了，出版三個月內的銷售量就占了總銷量的百分之八十。如果非要找出一件能安慰人心的事，那就是書店設有名為暢銷書的名譽殿堂。如果能擠進暢銷書的排行，便可以稍稍脫離可怕的急速競爭，享受一種從容不迫的悠閒。但不幸的是，能夠擁有這種幸運的書是極少數的。大部分的新刊都會像H&M的短袖一樣，掛不了幾週就被撤走了。

書的價格差不多和快時尚最廉價的衣服一樣，或者比它還要低。過去十年，韓國物價上漲了百分之三十六，但書價卻只上調了百分之十八點五。如果看實際價值的話，書價在過去十年裡走的是下坡路。紙錢上漲，人工費用也上漲，可書怎麼變得更便宜了呢？瑞士名錶公司的老闆在採訪中給了我們提示。當記者問道，貴公司的手錶為什麼那麼貴時，老闆這樣回答說：

「因為大家不需要手錶。」

看到記者一臉驚訝，他繼續闡述道：

「大家所需的必需品價格會降低，眾多企業一窩蜂投入，互相競爭，最終尋找到廉價生產的方法。我們製造的手錶對消費者而言並不是必需品，所以才不會降價。」

利用顯微鏡才能看到齒輪運作的自動手錶、鱷魚皮包、高級的鋼筆和手工訂製的皮鞋，這些都不是必需品。這些商品都是為了想要買、且有能力購買的消費者而存在的。

相反的，書則是一種必需品。就算有人沒有勞力士，但他一定不會沒有書。即使是不看小說的人，也會關注經濟、投資理財和自我開發的書。書成了必需品以後，價格隨之變得更低了，但還是有很多人覺得價格貴，吶喊著賣得再便宜點吧。所以書店會在原有定價的基礎上打折扣，還送贈品。這都是沒辦法的事。就像沒有必要感嘆優衣庫的衣服那麼便宜一樣，也沒有理由因為書的價格便宜去感嘆世界和消費者。這是便宜的東西更便宜，昂貴的東西更昂貴的時代。

我們可以迎來覺得書不貴的時代。無序的競爭和低利潤讓所有出版社一起滅亡，沒有書，人們也會習以為常（我們已經適應了唱片消失的世界）。就這樣，書再也不是必需品了。到那時，少數的有錢人會買書來看。小說貼上了「限量版」的標籤，以昂貴的價格出售給特定的讀者。因為人們不需要書，所以不會有人來抱怨價格貴。捫心自問，我們真的渴望那樣的時代嗎？答案當然是，不。比起無聊、舒適的天堂，我會選擇有趣的地獄。但這件事並不是我可以選擇的問題。書，這種商品的命運究竟會何去何從呢？

父親的未來

最近看了三部國籍各不相同的電影。從楊宇碩導演的《正義辯護人》，到是枝裕和導演的《我的意外爸爸》，最後是伊朗籍導演阿斯哈．法哈蒂（Asghar Farhadi）的《咎愛》。這三部電影的登場人物都是父親。我們很熟悉《正義辯護人》中的父親，只有商業高中學歷、家境窮苦的宋佑碩（宋康昊），在成功通過司法考試後，成為一個擁有政治覺悟的人權律師。他彷彿成了解放後所有人的父親原型。雖然無能，在道德方面卻是一個「走了火的子彈」。在經歷了「享福生活」的朴政熙時代，他們變成了會掙大錢的、有能力的父親。但以八七年的六月抗爭為基點，他們又轉型成了具有道德性的父親。在盧武鉉政權下，這些被稱為三八六世代[13]的道德性父親正視了自己的無能後，又快速轉

13 指在一九六〇年代出生，一九八〇年代成長的三十歲人士，意同於臺灣口語中的「五年級生」。

變方向，邁進了「富爸爸、窮爸爸」的物質世界。剛好，此時具有象徵意義的女版朴政熙回歸復位。但儘管如此，富爸爸們的夢想依然很渺茫。或許是因為獨裁者的女兒太過無能，也可能是時代再也不需要她父親的位子了。不要說做個有錢人了，就連做個父親都很難。不管是窮爸爸，還是富爸爸，如今已沒有父親的一席之地。《正義辯護人》在面臨這種困境前，道德性父親的誕生便定格在了絢麗的畫面上。

《正義辯護人》裡吃飯賒帳的窮光蛋，搖身一變成了有能力的父親，其中最具象徵的場面是購買公寓。電影清楚地向我們展示了，那個年代理想型的父親不是建設公寓的勞動者，而是能用現金購買別人建設的公寓的消費者。把公寓當作「禮物」送給家人的、變得自信滿滿的父親，如今還清了無能時代的債，就此踏上尋找遺失的道德自我的冒險之旅。但在這段旅途中，他經歷了兩次考驗，最終破產。一九九七年和二〇〇八年的兩次經濟危機，把他們拉回了現實。立志成為既有能力又有道德意識的宏偉夢想，消失得無影無蹤後，隨即「慈祥父親」的新幻想又登場了。電視上最先呼喊起他們——「爸爸！

我們去哪裡？」他們無需能力，也不必為麻煩的政治性道德困擾，只要帶孩子去露營，站在孩子的角度與他們對話，將傾注在成功上的時間放在孩子身上。時代需要這種慈祥的父親。

是枝裕和故事中的父親，沒有歷經有能力到具備道德性的階段，而是直接變成了慈祥的父親。表面上看雖然登場的是兩個父親，但電影的焦點卻始終冷靜的對準有能力的父親。與有能力的父親相對的，是在鄉下經營電器行、雖然沒有能力卻很慈祥的父親。長相帥氣且有能力的「富爸爸」，從事東京市中心的重建工作，他用賺來的錢住在市中心前景最好的公寓裡。根據電影提供的信息，我們可以猜測到他跟宋佑碩一樣全憑自己的能力買下了公寓。但危機還是找上了門，總覺得不像自己的男孩，原來是別人家的孩子。也就是說，面對孩子會被別人奪走的危機時，他意識到了自己存在著某種不足。在聽到他說：「即使我沒能常常陪伴孩子，但我有信心說自己是一個好父親。」電器行的老闆大喝一聲：「你說什麼？最重要的是陪伴孩子。」

即便有周密細膩的拍攝和演員精彩的演技，但是枝裕和的父親卻絲毫沒有現實感，有的只是性急的道德性宣言。追其理由或許是因為故事建立在都市／鄉下，獨子／多子，全職主婦／上班媽媽，有能力／無能力，冷淡／親切這些雙向對立上。雖然雙向對立可以讓問題很明顯的顯現出來，但現實卻總是在雙向對立之間飄忽不定。現代家庭的前線不是明確劃分的常規戰，而是會從四面八方飛來子彈的城鎮戰。

《咎愛》中的父親既沒有能力，也不具備道德性，甚至還不夠慈祥，他乾脆被家裡趕了出來。曾經建立起的家庭，前妻和孩子（連孩子也不是他親生的）生活在先進的法國，他則回到了前近代的伊朗社會。他的出現無意間攪亂了家庭的均衡，就連睡在哪裡都成了模稜兩可的問題。自始至終他都是一個過客，好不容易跟十多歲的女兒展開了對話，但這卻成了揭開家庭敏感祕密的契機。這個父親與孩子的鏈接不過是藉由母親這個媒介，這位母親至少換過五任男友，現在肚子裡懷有第三個孩子。男人並不是問題的根源也不是審判官，更不是結果。他什麼也不是。

我們都知道在很多國家之中，針對國家取代父親承擔養育、保護子女的義務，法國早已達成了明確的社會共識。不論是結婚／事實婚姻／是否未婚，國家都會充分提供生產／養育的補貼，以及法律和制度上的援助。這是法國社會為了解決低生育率問題採取的現實方案，因此明顯減少了保護家庭的父親的必要性。法國和歐洲一部分國家彷彿形成了一種新的母系社會。相愛和分手變得簡單了，對於生育的獎勵增大了，因此形成了最具鏈接性的母系中心家庭。偶爾會有男人找上門來，但卻「無人停留」。

《神經漫遊者》的作者威廉．吉布森（William Gibson）曾說過這樣一句話：「未來已經到來，只是被不平等的分配在不同的地方。」如果像他說的那樣，某種未來抵達了矽谷，那裡製造的無人駕駛汽車已經能馳騁在市內。說不定某個國家的某種未來已經來到首爾，我們生活在可以知道要搭乘的公車會在幾分鐘後抵達的國家。從這點來看，首爾可能是紐約的未來。如果是這樣，韓國家庭的未來抵達了哪裡呢？只有商業高中學歷的律師靠自己的雙手，用現金買下了自己參與建設的公寓，這種時代還會捲土重來嗎？

不會的。用慈祥偽裝成熟的「富爸爸」會是韓國的未來嗎？雖然可以去幻想，但現實似乎過於渺茫。在多種形態結合下誕生的成員，面對各種道德性困境時，一邊費力地解決問題，一邊生活下去的《咎愛》中的家庭，或許更接近不久的將來我們會經歷的家庭。在這種鬆散複雜的家族關係裡，亞曼德（阿里・莫沙法 [Ali Mosaffa]）的態度是正確的，他與家人保持一定的距離，認真聆聽每個人的想法，訴求最普遍的道德。他不會隨便講出因為妳是女兒，所以要這樣；因為妳是母親，所以必須這麼做的話。他會小心翼翼地提醒大家，站在對方的立場去思考。在這個劃分家人與他人的基準變得急速模糊的時代，這樣的父親才是未來。

名為計程車的煉獄

我們來假設一下，不飲酒的國家的計程車會怎樣呢？夜幕降臨後，所有人都回家了，只有非常忙碌的人或有急事的人，才會利用深夜的計程車。所有的乘客都很清醒、斯文，司機也不會因為醉酒的人而倍感壓力。

不吸菸的國家的計程車會怎樣呢？乘客不必擔心自己身上會留下滲透在車座上的菸味，心情也會愉快。

大眾運輸發達的國家的計程車會怎樣呢？經常有空位的公車和地鐵會像網一樣連結整個城市，如此國家的計程車成了富裕階層利用的奢侈品。

沒有犯罪的國家的計程車又會怎樣呢？深夜搭乘計程車的女性無需膽戰心驚，出於對司機的信任可以安心睡上一覺，不知不覺便到了家門口。

計程車司機的收入，相當於大企業正式員工薪水的國家會怎樣呢？司機絕對不會野蠻或超速駕駛，因為稍有不慎出了事，就會丟失這份好工作。

但我們並沒有生活在這樣的國家。酒類消費已達到世界最高水準，大家喜歡聚會暢飲，深夜搭車的乘客幾乎都是醉酒的人。吸菸率高使得多數計程車裡透著菸味；計程車與大眾運輸工具爭搶車道；大家快要忘得差不多的時候，就會看到計程車司機搖身變成強盜的新聞；司機的收入只能滿足最低生活標準。不管是駕駛計程車的勞動者，還是利用計程車的消費者，大家都得不到滿足。儘管如此，計程車也不會消失。計程車就是一種沒人喜歡，卻一直都在那裡的存在。既不是天堂，也絕非地獄，可以說計程車這種交通工具已經成了世界的煉獄。

大企業的高階管理者早上起來，搭電梯來到地下停車場，駕駛公司提供的汽車去上班，下班後再駕駛那輛車回家，他們不會去關心計程車。同樣的，對於早起去搭社區小巴，再換乘市內公車到市區大樓上班，整日負責清掃工作，晚上下班回家的窮困女性而言，計程車也不過是城市風景中的一部分，是沒有任何意義的事物。那些既沒有富得不得了，也沒有窮得要死的人，則與計程車有著密切的連帶關係。這真是兩難，如果計程車是為了讓窮人利用的話，那車資應該低廉才是。可如果降低車資，那司機的月薪就無法提高。要想讓計程車變成舒適、高級的交通工具，只提供給特定人群的話，就必須提高價格。可這樣一來，吃虧的就成了乘客。要想在這兩者之間做出選擇，就必須先針對何為計程車達成社會共識，找到理論性的定義。但計程車從問世以來便拒絕了這樣的判斷，因為它具備了填補大眾運輸所無法覆蓋的餘集合的特徵。餘集合是無法自我規定的集合。二〇一三年，計程車法案問題浮出水面，其背後隱藏着大眾運輸成功的要素。大眾運輸失敗的時候，計程車才迎來了好景氣（想像一下，子夜剛過大眾運輸停止運行的弘大門口）。假若大眾運輸不整點運行，換乘也很不方便，整日擁擠不堪的話，那大家應該都會去搶著搭計程車了。有一陣子，首爾的計程車允許搭順風車。「都一個方向，順路載我一段吧。」乘客求得司機不算諒解的諒解，像搭社區小巴一樣利用著計程車。

順風車的消失，並不是因為受到管制，而是計程車變成了很平常的交通工具。

大眾運輸取得的相對成功，讓萎縮的計程車業把自己定義成大眾運輸，並以這樣的論理向政治圈施壓，經由國會的會議，差點就取得了成效。但在輿論調查中，利用計程車的大多數人卻反對計程車法案（相信輿論的李明博總統行使了否決權，因此法案又回到國會以後，便再也沒有通過表決了）。民眾並不是因為很了解那項法案，而是難以接受「計程車＝大眾運輸」的計算法。

既然如此，那未來計程車的命運會怎樣呢？這個問題的答案並不在餘集合的計程車上，而是在大眾運輸上。如果大眾運輸在基層擴大領域的話，那計程車就只能向更高級的領域移動（政府制定的計程車相關法案，暗示了這種方向的轉換）。計程車的命運是被動的。不言而喻的是，政治家會將更多社會性資源投入到大多數選民利用的大眾運輸上。讓大眾運輸變得更舒適、更快捷，無疑成了政治的未來。不管在任何社會，計程車都無法在優先順序上超越大眾運輸。因此聰明的政治家不會輕率地碰觸計程車問題，他們會期待那個問題自然得到解決，或是袖手旁觀留給下屆任期。相反的，無能的政治家才會馬上衝鋒陷陣說要解決計程車問題，跟著以失敗告終。

煉獄介於天堂與地獄之間。羅馬天主教創造出煉獄，是因為難以利用二分法解釋死後的世界，煉獄是無所不能，無所不有的世界。那裡沒有地獄的痛苦，也沒有天堂的幸福。煉獄重要的特點之一，就是不知道會停留在那裡多久，而且停留在那裡的人找不到逃離的方法。不知道會停留到何時，不知道該做什麼，永無止境停留的地方就是煉獄。

我們會希望根本性的解決所有的問題。如果世上的所有問題都有單純、明快的解決方案那該有多好呢？但也存在著沒有俐落解決方案的領域，計程車就是其中一種。計程車就像教育和政治，原原本本的反映了一個社會的問題。計程車是一面鏡子，它包攬了飲酒文化、歧視體力勞動者，無秩序的交通和高暴力犯罪率等社會問題。要是有人提出可以簡單、輕鬆解決這個問題的方案，至少我是不會相信的。

成為不可預測的人

大多數人都活在對自己的正面錯覺裡，如果問教授「你覺得自己指導學生時比其他教授更努力嗎？」超過80％的教授都會給出肯定的答案。可以肯定的是其中至少30％以上的人存在著錯覺。此外還有研究顯示，絕大多數的司機都認為自己的駕駛技術高過其他人。

提這樣一個問題如何？「你是一個容易預測的人嗎？」大部分的人會回答不是。光是我就不想成為容易被他人預測的人。但令人遺憾的是，《連結》（*Linked*）和《爆發》（*Bursts*）的作者亞伯特－拉茲洛．巴拉巴西（Albert-Laszlo Barabasi）指出，我們都比自己想像的更容易預測。令人驚訝的是，我們的日常行動中93％都是可以預測的。我們之所以無法接受這一事實的理由，或許是因為我們還沒遇到真實的瞬間。有過職場經驗的人都會知道，下屬幾乎可以正確地預測出上司的行動模式。只有上司本人不知道自己的一舉一動已經被人掌握。但通常我們成為他人下屬的同時，也會成為某些人的上司。

好了，現在讓我們用私家偵探的眼睛來觀察一下自己和周圍的人吧。大多數人會在固定的時間起床，早餐通常會吃同樣的東西。雖然有人吃飯喝湯；有人吃禪食[14]；有人吃吐司和煎蛋；有人乾脆不吃早餐，但不會有人隨機決定早餐吃什麼。每天都吃大同小異的東西，在固定的時間出門，每天走到地鐵站的這段時間也會做相同的事。戴耳機聽音樂的人，每天都會聽音樂；坐地鐵利用手機看新聞的人，每天都會看新聞。每天在公司做著差不多的工作，十二點一到就會走到外面吃飯。雖然每天的午餐菜色會略有不同，但餐廳和職場之間的距離卻會保持在一定的範圍內。比如，會維持在半徑五百米內，這種規則是看不見的。接下來，開始下午的工作，然後在指定的時間下班。這個模式會在

14 禪食是韓國一種傳統健康食品，以大豆、糙米、芝麻、堅果等七種穀類為基底的高蛋白食品。原本這是為僧侶在修行時補充營養的食品，由於食用方便、營養豐富，漸漸演變成深受一般人喜愛的營養早餐。

一個星期內不斷重復，然後週末則存在著週末的模式。

企業喜歡這樣的模式。累計消費者的模式做成大數據，並對此進行分析。為推特的使用者提供的服務中，有一項是假如使用者設定ＩＤ，推特會通知使用者起床和就寢的時間。令使用者再次震驚的是，推特可以掌握並預測出自己在最隱祕的臥室裡的行動。

每個顧客走在大型超市櫃檯間的模式，也幾乎都是固定的，如果有偵探每天跟蹤我的話，他一定可以預測出我在大型超市的移動模式。「接下來他會去啤酒區，走過去的途中不會試吃。買好啤酒後，他會去水產區，等買好魚後就會走到水果區左顧右盼。」雖然我沒有職場，但我通常會在固定的時間起床，在規定好的時間內寫作，定點去運動。

居住在美國佛羅里達州的裝置藝術家兼藝術大學教授哈桑・伊拉希（Hasan Elahi）二〇〇二年六月十九日，參加完歐洲舉行的展覽會回國時，在底特律都會韋恩郡機場遭到ＦＢＩ逮捕。搜查員刨根問底的盤問他到過哪些國家旅行和去旅行的目的。雖然他如實回答了，但搜查員的疑心卻絲毫未減。原因是他「毫無模式的」到過太多地方旅行了。

他解釋自己是裝置藝術家，由於職業特性必須遊走世界各地。接著，——又尋問他租的「可疑的」倉庫用途，還盤問他那裡是否安裝了爆炸物。伊拉希立刻否認（我也認識幾個美術家，到他們的工作室或倉庫看到遍地亂放的雜物和各種化學物品時，根本無法相信那都是美術作品的原料，倒不如說眼下的風景更像是在製造爆炸物）。幸好伊拉希利用ＰＤＡ記錄下自己大部分的日常生活，所以才能毫不猶豫的拿出證據解答ＦＢＩ的疑惑，他也因此獲釋回家。

雖然引起ＦＢＩ懷疑的理由有很多，但伊拉希推測其中最大的原因是自己脫離了「模式」的日常。他頻繁去過太多國家，再加上租了不尋常的倉庫，所以引起注意。既是美術家又是教授的他，日常生活比一般人不規則太多了。後來得知，ＦＢＩ已經跟蹤他很長一段時間。

伊拉希被釋放回家以後，將近半年的時間裡，他都要定期接受ＦＢＩ的傳喚和審訊。這樣一來，伊拉希乾脆把自己一天的行動鉅細靡遺的上傳到自己的網站上，每天吃什麼、去了哪裡、見了誰，全都拍下來上傳到網站。也就是說，他把自己變成了可以預測的人。FBI不僅中止了傳喚，甚至還給他名片，告訴他如果其他機關找麻煩的話，可以隨時聯絡他們。

成為可預測的人雖有便利之處，但這並不意味著只存在優點。過於暴露的人生，多少會讓人覺得心情糟糕。國家情報員、企業或是網站訪客不僅會看透我們的日常，如果他們乾脆可以預測我們的話，說不定還會以此為基礎開始操縱我們。

如果是這樣，我們要如何成為不可預測的人呢？首先要接受自己是一個可以預測的人，然後用偵探的視角周密的窺視自己的日常，以此做為基礎一點一點尋求變化。改變上班的路線，品嘗沒吃過的東西，挑戰沒做過的事，這樣以來就會出現意想不到的改變，我們就會慢慢變成不可預測的人了。這種莫名其妙的練習還會帶來副產品——獲得自己的感受。我們都認為自己比任何人都了解自己，但我們最漠不關心、置之不理的人也是自己。最無知的存在，正是醒悟不到這一點的人。

電視購物和快遞的節日，中秋

作家金薰告訴我，從前住在首爾四大門裡的人都不過中秋。我問他為什麼，他的回答是「因為中秋是農民的節日」。秋收後跟祖先和鄰居分享收成才是中秋的意義，而住在四大門裡的人多是吃俸祿的官僚和商人，所以不單沒有可以分享的東西，也沒有分享的理由。我之所以聽聞中秋是農民的節日會感到吃驚，是因為長期以來我想當然的把中秋當成了「全國人的節日」。會產生這種錯覺，完全是因為每逢中秋展開的畫面和語言轟炸。電視、報紙和各種媒體都會用「返鄉戰爭」、「全國大移動」這種老套的用語搭配高速公路上大排長龍的車隊。直升機從高空拍攝去掃墓的市民，攝影記者會拍下身著韓服遊走在景福宮裡的一家人。

這種傳統是從何時開始的呢？不久前，我看到大韓新聞裡記錄的一九七〇年節日場景。在九老工業區上班的女工提著公司分發的禮盒，面帶笑容去搭乘返鄉的巴士。如果沒有開展產業化，這些年輕的女性或許一輩子就只能待在農村裡種田。她們響應朴正熙政權實行的經濟開發計劃，大規模的流入城市，這些廉價勞動力成了輕工業初期步入產業化的首要條件。她們在惡劣的勞動環境下默默做著自己的工作，當時的人對年假和月休的概念模糊，更不要說行使像生理假這種「奢侈的」權力了。在那個人人自願放棄暑假「力爭邁向進出口大國」的年代，她們真正能放的假期就只有中秋和新年。可就算給她們放假，這些經濟實力低的勞動者受到社會氛圍的影響，也很難真正享受假期。

包括低薪女工在內的所有勞動者，到了中秋能去的地方，就只有入秋後變得富饒的農村。他們手裡提著裝有電鍋或電視機的箱子返鄉，等回首爾的時候，手裡則滿是年邁的父母栽種的農作物。這種光景像是某種正當的交易，也帶來包裝產業化的效果。在大城市工作的「產業化主力軍」把電子產品送往農村，在農村「盡心盡力」種植的農作物，交換到了最新的電子產品。換言之，農業最優化的勞動力留在農村，產業化所需的人力則分配到了大城市。

但我們都知道，這種時代在很早以前便結束了。直至今日，每逢中秋還是有很多人返鄉，回去跟分散在各地的家人團聚。但如今已沒有能欣然分享的農作物了，所以人們開始利用快遞把黃花魚、牛肉和柿餅寄回家。跟從前差不多的是水果、魚、排骨和韓式點心會裝滿一大箱子，只不過這些東西都不是農村的父母種植的產物了，而是從電視購物或農協購買的現成品。同樣的，子女再也無需返鄉「給父母家安裝地暖」。如果有需要的電器，住在農村的父母也可以透過電視購物購買，所以現在所有人都過上了自己的人生。

幾年前，看到每逢節日就堵得水泄不通的路況，我突然冒出一個想法，如果根據地區和宗教來過節會怎樣呢？比如，基督徒過聖誕節；忠清道過中秋節；嶺南過新年；湖南過端午。[15] 像是這樣分散的過節不是很便利嗎？但這是不可能發生的事情，況且節日

15　忠清道指忠清南道和忠清北道。嶺南指慶尚南道和慶尚北道。湖南指全羅南道和全羅北道。

都已漸漸失去了活力。

據說每年飛往國外的航班早早便預訂一空。曾是農民節日的中秋，有段時間獲選為全國人的節日，如今它似乎又回到了原點。中秋成了去國外旅行最好的時節，以這種形勢來看，或許在不久的將來，人們會把中秋看作是短期的秋季假期。

從很早以前我們家就不過節，因為身為職業軍人的父親要堅守崗位，就算是中秋也不能隨便回家。即便如此，其他人也可以聚在一起過節，但母親卻不喜歡這樣。她說不想大費周章的只準備幾個人吃的東西，所以什麼也不做。中秋給我留下的記憶就只有分給軍人的零食禮盒。樂天製果或是海太製果出廠的中秋禮盒送到部隊，裡面裝滿了像是沙布列餅乾一樣的西方點心，和類似羊羹的日本甜點，還有巧克力和糖果。

中秋對於現在長大的孩子而言，會留下怎樣的印象呢？農村人口遞減，農業在產業生產所占的比重也微不足道。如今農村已與我們習慣性勾勒出的畫面產生了極大的差異，從菲律賓或越南嫁來的女性，在為城市的消費者種植著蔬菜和水果，正式展開「多元文化」的地方不再是大城市的中心，而是農村和大城市外圍的工業區。一九七〇年代的農村和工業區乍看之下實現了和平共存，二〇一〇年代的農村和工業區，則在另一種層面的意義上展現了新形態的共存。如今居住在大城市裡的「農民子女」為了過「農民的節日」中秋，提著禮物返鄉的公式再也不會啟動。

無處可去，再也沒有家人要見的大城市中產階級，為了避開節日的喧鬧選擇出國，對韓國的佳節沒有任何感觸的東南亞勞動者和農民，則留在韓國做著該做的事，安靜的度過難得的休假。今年的中秋，媒體的直升機還是會在我們的頭頂，拍攝景福宮裡身穿韓服的孩子玩傳統遊戲的身影。不管我們想或不想，中秋的意義已經發生很大的改變。不過幾年前，人們還在高談闊論過節勞動中的性別歧視和婆媳矛盾帶來的過節副作用。但在我看來，如今那些控訴也已成了毫無意義的聲音。假如存在永遠不會改變之事的話，那就是一切都在改變，就算是中秋也不例外。

塔克辛廣場

《我的名字叫紅》的作者、諾貝爾文學獎得主奧罕・帕慕克，是在伊斯坦堡出生和長大的。眾所周知，伊斯坦堡是歐洲與亞洲的交匯處，雄偉的博斯普魯斯海峽貫穿城市的中央，以海峽為基準，東邊是亞洲，西邊則是歐洲。

帕慕克的家族以在土耳其鋪設鐵道而出名。鐵道來自哪裡呢？這是來自英國產業革命的產物。也就是說，帕慕克家從西方引進鐵道，把它鋪在自己的祖國，並以此賺取錢財。正因如此，他們的視線才會自然的朝向歐洲。在他們眼裡亞洲是被封建的、宗教的舊習束縛的迷惘土地。反之，歐洲才是以科學和合理性為基礎的烏托邦。

帕慕克的父親把兒子的視線固定在歐洲，家裡只有歐洲文學、西方經典著作，土耳其文學則從書櫃清掉了。帕慕克的出發點，與其他以傳統傳說為起點的土耳其作家截然不同，他的早期作品裡幾乎看不到從本土前輩身上受到的影響，取而代之的是，能看到像波赫士和伊塔羅・卡爾維諾等南美和歐洲文學大師的影子。帕慕克比歐洲人更精通歐洲文學，比起土耳其人，他應該更覺得自己是歐洲人。

多年後，帕慕克獲得諾貝爾文學獎時，他的父親交給他一個包裹，裡面是自己寫的未發表過的原稿。一輩子都是企業家的父親，原來也有一個作家夢。父親為能被歐洲認可的兒子感到驕傲，兒子也重新領悟到自己的成功來自於父親。

有段時間，帕慕克曾以交流學者的身分逗留在紐約的哥倫比亞大學，期間他動筆創作的作品正是《我的名字叫紅》。與那些追隨過氣的後現代主義的早期作品不同，這本小說引入了博斯普魯斯海峽，也就是亞洲。他創造出擁有各種各樣視角的人物，描寫鄂圖曼帝國王宮裡畫工筆畫的畫家世界。有趣的是，他用推理小說的外皮包裝了這種「亞洲世界」。推理小說可以說是文學的火車，火車和推理小說都是發源於開啟產業革命的英國。火車整點運送著大批的人和貨物，福爾摩斯也靠搭火車移動，他利用立在車站的鐘樓和時間表，推翻疑犯的不在場證明。整點運行的火車是現代合理性的完成，車站廣場的鐘樓則成了代表現代勝利的方尖碑。

徹底受到歐洲式教育長大的帕慕克，在引入東方世界以後，才擠進世界級作家的行列。

二〇〇五年，帕慕克批判了從十九世紀末到二十世紀初期的亞美尼亞種族大屠殺，他因此遭到指控。雖然歐洲人把亞美尼亞種族大屠殺，看作是土耳其版的猶太人大屠殺，但大部分的土耳其人卻只把它理解為一戰中強制移居的負面影響，並認為歐洲人反覆強調這件事的理由，是為了阻擋土耳其成為歐洲的一員。帕慕克與批判此事件的歐洲學者步調一致，因此他被定位成敢於批判祖國錯誤的「有良知的作家」。但絕大多數的土耳其人卻把他的這種行為，看作是嚮往西方的卑躬屈膝。不湊巧的是，帕慕克遭到控訴這件事引起全世界的矚目，二〇〇六年瑞典學院決定授予他諾貝爾文學獎。

二〇一三年，塔克辛廣場爆發的反政府示威，展現了土耳其複雜的政治、精神狀況，以軍隊為中心的現代化勢力把目標鎖定在歐洲，他們希望土耳其能夠加入歐盟，並且深知要想這樣就必須接受歐洲的普遍價值。女性應接受教育，教育則要與宗教脫離關係，政治必須要有議會民主主義，這種歐洲式的價值觀在各地與伊斯蘭的世界觀發生了衝突。不僅如此，歐洲還要求土耳其反省過去犯下的錯誤，對此有人認為這是觸犯了土耳其人的民族自尊心。

最近崛起的政治勢力，特別是以艾爾多安（Recep Tayyip Erdogan）總理為中心的伊斯蘭政黨，獲得土耳其絕大部分穆斯林的支持，而且大部分的支持者都生活在亞洲大陸。雖然他們也希望加入歐盟帶動濟成長，但他們認為更重要的是保留傳統的、宗教的價值。正如周邊的資本主義國家那樣，接受高等教育的中產階級支持世界化，但被教育和經濟發展排擠的人們，則總是在用懷疑的視線看待著世界化。

幾年前，我在伊斯坦堡認識了一位講得一口流利韓語的教授，他在某大學教授韓語。關於土耳其的政治，他站在與塔克辛廣場相反的立場對我說：「以塔克辛廣場為中心的西歐主義者都覺得自己是歐洲人，但設想一下他們抵達歐洲的機場以後呢？他們會直接被當成土耳其人，他們自己也很了解土耳其人在歐洲的形象，不管我們怎麼想自己，都不會改變一個事實，那就是我們都是土耳其人。」

他的政治立場也許可以劃分為民族主義，土耳其的民族主義意味著視線要朝向博斯普魯斯海峽以東。我忽然覺得他到韓國留學，學習韓語並非偶然。

以塔克辛廣場為中心的示威，雖然從表面上看是對艾爾多安總理強硬的國政推動表示抗議，但另一方面也顯示出長期以來支撐土耳其的兩大板塊，歐洲和亞洲之間潛伏著的矛盾。是接受人類普遍（實際是歐洲的）價值「改造」自我呢？還是堅持一成不變，保持傳統價值生活下去呢？我們對這種兩者間的矛盾並不陌生，這也是我為什麼總是望向塔克辛廣場的理由。

我為什麼住在釜山？[16]

二〇〇〇年秋天，我和妻子經由京釜高速公路前往舉辦國際電影節的釜山。我們把車停在休息站走到餐廳去吃飯時，碰巧遇到了認識多年的電影製作人。我們問候彼此的近況，道別後我回到車裡，妻子問說：

「他是誰啊？」

「嗯，電影製作人。有部新電影開拍，他們正要去釜山祭祀祈福，好像也在那裡拍攝。」

「主角是誰？」

「主角是劉五性，配角是張東健。」

16 編按：此書韓文版出版於二〇一四年，為作者當時狀況。

「劉五性是主角？那導演呢？」

「他提了一句，但我忘了。第一次聽說的人名，叫郭什麼來的。」

「電影名字是什麼？」

「沒誠意的名字，就叫『朋友』。不用關注，肯定不賣座的。」

在當時，這是很難成功的陣容。演員裡唯一的明星就只有張東健，但在當時他還沒有一部賣座的電影，而且其他演員也都沒有什麼知名度。但比起演員，更讓我覺得不怎麼樣的是電影的名字。朋友？什麼朋友啊？

但這部電影殘忍的打破了我的預測，電影不僅帶來了不起的票房紀錄，就連電影裡的每一句臺詞，演員的每一場演技都成了熱門話題。

我在預測票房方面，原本就一塌糊塗。一九九七年，朋友找我幫忙評估一下前輩寫的劇本。在我這種一輩子只看小說的人眼裡，劇本就像缺少了某種必備要素、不夠嚴謹的構造物。因為我缺少能夠利用畫面和演技想像並填補劇本空白的能力，所以讀完以後我的反應很冷淡。對於一九九七年的那個劇本，我沒什麼感想，對票房的期待也很低。那個劇本描寫的是在愛情裡受過傷害的男女，透過電腦相識相戀的故事，後來由韓石圭和全道嬿主演，並以《傷心街角戀人》的片名上映。結果正如大家所知的那樣，那年冬天，首爾的大街小巷裡到處都是電影插曲莎拉・沃恩（Sarah Vaughan）的〈A Lover's Concerto〉。這讓我不得不回想起沒有看劇本眼光的自己。

後年中秋的時候，家裡意外收到了一箱核桃。曾經打過交道的電影公司，寄來中秋禮盒。我打開箱子一看，裡面有一張卡片，上面寫著劇組在忠清北道的榮洞拍攝電影，當地出演的阿嬤不配合拍攝，總是嚷嚷著要去摘核桃，無奈之下全劇組的人只好全員出動去幫忙摘。可摘完核桃，阿嬤又說要拿去賣，所以劇組就乾脆買下所有的核桃當作中秋禮盒。妻子問我這次是拍什麼電影，我說了跟《朋友》那時一樣的話：「只有童星和阿嬤，跟《田園日記》風格差不多的電影，肯定沒人看的。不過今年阿嬤的核桃收成可不錯，全都被電影公司收購了。」

我覺得不會有人看的那部電影，在影院還沒有現在多的二〇〇二年，創下四百萬的票房，童星俞承豪一躍成為明星。從那以後，妻子便再也不相信我的票房預測了。

託那位在休息站遇到的製作人之福，我和妻子有機會去中央影院參加技術試映會，精通釜山方言的妻子被從頭到尾寫實的釜山話徹底迷住了。但我卻只能聽懂大概三分之一的內容，電影結束後還要靠妻子幫我翻譯。儘管如此，我還是切實感受到這部電影的魅力。雖然故事的構成多少有些不緊湊，看完電影出來的觀眾也都各持己見，但從整體來看還是能感受得到《朋友》裡存在的真實世界。不知道這是因為寫實的釜山方言力量，還是因為故事的不緊湊，又或者是導演故意為之的、驚人的執導能力。

那之後過了十多年的今天，我來到釜山生活。在經常光顧的澡堂，和背後刺著龍紋身的大哥並排坐著搓澡，也開始習慣市場裡不拘禮節隨意搭話的大嬸。釜山是一個早晚有著截然不同景色的城市，夜晚輝煌燦爛，白天卻像一切都靜止了似的安靜下來。特別是在白天，幾乎看不到跟我年齡相仿的男人。一位牙醫朋友告訴了我原因。

「釜山不像首爾那樣，有各式各樣的職業。特別是自由業，那種職業只有首爾才有，所以如果看到白天有男人在街上閒逛的話，肯定會以為他要麼是收房租的房東，再不然就是遊手好閒的小混混。」

如果我說我現在住在釜山，首爾人肯定會問我「為什麼」住在釜山，但沒有人會問住在首爾的人「為什麼」住在首爾。問「為什麼」的理由是因為無法簡單的去理解，就好比問不結婚的女性「為什麼」不結婚一樣。每次被問到這個問題時，我都會敷衍了事，也許是因為連我自己也不知道真正的理由。我究竟為什麼會生活在釜山呢？

有人猜測說，因為我妻子是釜山出身，但事實上她非常強烈的反對釜山行。世上有很多人不願再回到離開的地方，因為有時返鄉暗示了失敗和後退。如果是這樣，那是因為電影和電影節嗎？也有這種可能。最初想要來釜山生活的確是因為釜山電影節，說不定這裡還存在我對《朋友》裡「真實」世界的幻想。如果真的是這樣，那釜山市贊助電影公司在釜山拍電影，為申辦電影節而做的努力就沒有白費了。

據說有些流行是先從釜山開始的，然後才慢慢在全國掀起熱潮。《釜山遼闊》（劉承勳，字譚，二〇一三）一書中寫道，最早的練歌房機器出現在釜山東亞大學門前的皇家電子遊戲廳。一個月後，位於廣安里的某營業場所在每個房間安裝這臺機器後，掛出「練歌房」的招牌正式開始營業。汗蒸幕和搓澡巾也是在釜山誕生的，韓國最早的海水浴場也是從一九一三年松島海水浴場開始的。政治上的釜馬抗爭[17]拉下了朴正熙政權的序幕，在距離首爾最遠的城市爆發的激烈抗爭，經由戒嚴令和衛戍令，短短幾天時間就演變成宮井洞的暗殺事件。

如果要選一個近期與釜山有關的熱門話題，那應該就是tvN的「請回答」系列了。《請回答1997》完美的重現《朋友》裡貫穿首尾的釜山方言。如果說《朋友》用釜山方言展現了男子漢的世界，那麼《請回答1997》則用釜山方言展示出愛情的世界。應該說，這

17 一九七九年十月，朴正熙執政末期，最大在野黨新民黨總裁金泳三，遭執政的民主共和黨控制的國會強行褫奪其議員資格。金泳三所屬選區的釜山直轄市及鄰近的馬山市，因而發動大規模示威。

不是用釜山方言「也」可以創造的世界，而是「只有」用釜山方言可以創造的世界。這種還是會成為取笑對象的邊疆語言，能夠進攻首爾共和國中心的現象意味著什麼呢？是標準語的終結？還是被壓抑著的什麼回歸了？這個問題是最近身為擁有小混混靈魂和收租房東肉體的小說家的我，白天走在釜山街頭反覆思考的主題。

作者的話

二〇一二年秋天回到韓國的時候，很多事情都比我想像的陌生了。在國外遊走了四年多，期間韓國社會又發生很大的改變。我很難具體指出改變了什麼，因為我對之前的原貌就很模糊。大韓民國本來就是一個快速變化的國家，所以幾乎找不到可以成為基準的點。改變的不光是街道的風景，人們的生活也發生明顯的改變。離開韓國的這段時間，我錯過了太多事。我只能透過國外的新聞頻道和網際網路知曉龍山慘案、反對美國進口牛肉的燭光集會，和所謂的四大江工程。當然，這些對我毫無真實感可言。

奇怪的是，每次我在旅行的時候，韓國都會發生重大事件。記得我在歐洲背包旅行途中，聽到旅館的人說「你們國家的三豐百貨公司倒塌，掩埋了幾百人」時，我還反問他是不是搞錯了國家。因為我不住在江南，所以第一次聽說「三豐」這個名字。崇禮門火災和天安艦艇被擊沉的時候，我人在紐約。今年春天，那些去修學旅行的高中生困在沉沒的船裡等待救援的場面，我也是在地球另一端的巴西目睹到的。

因為物理上的距離，那些人的悲痛、憤怒和憐憫經由多道過濾後，才傳達給我。當然，我生活在可以隨時找到、看到記錄下那些事件的照片和影片的時代，但這與身在韓國是存在著天壤之別的差異的。看與聽是遠遠不夠的。若要深入了解一個社會，比起單純的用眼睛去看，用耳朵去聽，則更需要走進它。寫出或是講出一件自己親眼目睹、親耳聽聞的事後，若不去切實了解人們的反應，換句話說，如果不整理出經驗，以此作為基礎與他人交流的話，那麼看到和聽到的事很快就會煙消雲散。我們生活在訊息、影片泛濫的世界，很多人相信他們「見」到的。但我們相信的東西卻像洪水沖來的櫃子門板，很快又會順水漂走，很多時候在我們的腦中沒有留下任何東西。為了看清什麼，我們需要拿出時間坐在書桌前思考。以我至今為止的經驗來看，思考最佳的工具就是把想法寫下來。

有段時間，我把自己看作是流亡政府的廣播頻道，我一直以為小說家就是這種職業，偶爾在境外傳送自己的訊息，就等於結束了工作。但直到二〇一二年秋天，我的這種想法稍稍發生改變。我覺得要想正確送出自己的訊息，就必須把探針深深插入我所生活的社會。為此，首先我要做的是去思考自己看到、聽到和經驗過的一切，然後需要一個用文字表達的過程。所以時隔多年，我決定開始定期向多家媒體投稿。為了在指定的時間交稿，就必須不斷地去思考日常生活中我所看到和感受到的事。要想在深思後條理分明的寫出東西，就必須強制自己。就這樣，重新審閱自己寫的東西，最後進行修改。這種循環可以說是徹底的去體驗社會和世界的方法。選出將近一年寫下的文章編輯成書，讓我產生了這樣的想法。

出版《見》這本書以後，每隔三個月會陸續出版《讀》和《言》。[18]正如字面看到的那樣，《讀》收錄了有關書籍和閱讀的散文，《言》則記錄了我在公開場合演講的內容。

18 編按：此為韓文版出版間隔。

身為小說家不出版小說，而是把寫下的文章集合成書，難免會讓人覺得掃興，也多少抹不去像是拳擊選手卸下防備迎接對手的感覺。而且我仍舊認為小說的形式是最符合我精神世界的語法，但在準備散文系列的過程中，也讓我領悟到，有些文字也存在只能用散文形式表達的部分。這本書收錄的文字與其說是我的思考的盡頭，倒不如看成是展開新對話的發端，所以希望讀者能以寬容的心來閱讀。

二〇一四年秋，海雲臺

金英夏